俳句いまむかし　ふたたび

坪内稔典

毎日新聞出版

目次

まえがき

あの人をときどき思い出す。五十代のころ、月に二回、都心のビルのカルチャー教室で俳句の講座を担当していた。夜の講座だったので、仕事帰りの人が集まった。講師の私も仕事帰りだったが、何人か例外があって、八十歳に近いその人も例外だった。電車一本で通えるし、講座の前に買い物できる、というのがその人の通ってくる理由だった。

実は、もう一つ、季節を届ける、という理由があった。講座に集まった人々は、現役というか、仕事人間だった。ドーナツをかじりながら駆け込んでくるような人もいた。ところが、その人は真っ先にきて、教卓に新しい花を活けてくれた。庭で育てている季節の花を講座のみんなに届ける、それがその人の毎回の習慣になったのだ。

わたしはその人を季節博士と呼び、彼女の活けてくれた草花を話題にしてから講座を始めた。現在、私は道端の草花が大好きになっており、コロナ禍の日々をもっぱら道端の草を訪ねて過ごした。道端の草博士になった、と自慢することもあるくらいで、草花を相手にしているとコロナ禍をひととき忘れている。正岡子規は庭の草花に親しんで、草花命《くさばないのち》、を口にしたが、彼にならえば私は、道端の草花命、である。道端の草に入れあげているのだ。

ところで、ある日、八十代半ばに至ったあの人は宣言したのである。「先生、もう季節博士はやめます。季節博士を返上します」と。季節についてゆくには体力も気力もいる。でも、このごろ、ついてゆくのを辛いと感じるようになった。以上がその人の返上の理由であった。

いわゆる後期高齢者になった私は、あの人の返上の意味が、一種痛切に分かる気になっている。季節に合わせて暮らすには、たしかに体力と気力がいる。季節、すなわち四季は、おのずとあるものではなく、わたしたちが作っている文化なのだ。庭の草花だって、土を耕し、肥料をやり、添え木をしたり水をまいたりしないと育たない。料理だって意識的に季節のものを買ったり整えたりしないと季節感を失う。というわけで、季節という文化にいとしさというか、自分が生きている証を感じるようになっている。

俳句という文芸には、言葉において季節を作る、という一面がある。季語は俳句を詠むことで、その都度に新しく作られているのだ。この本からそのような俳句の一面、すなわち季節を作る言葉の一面を読み取ってもらえたらうれしい。

毎日新聞に連載中の「季語刻々」を元にしたこの本は、昨二〇二〇年の八月に出た『俳句いまむかし』の編集にほぼならっている。編集を手際よく進めてくれたのは前集の担当者の毎日新聞出版の宮里潤さん、表紙や挿絵も前集と同じく南伸坊さんである。二人に感謝し、この本が多くの人々に楽しんでいただけることを希望している。

坪内稔典

装丁・イラストレーション　南伸坊
本文組版　戸塚泰雄

春

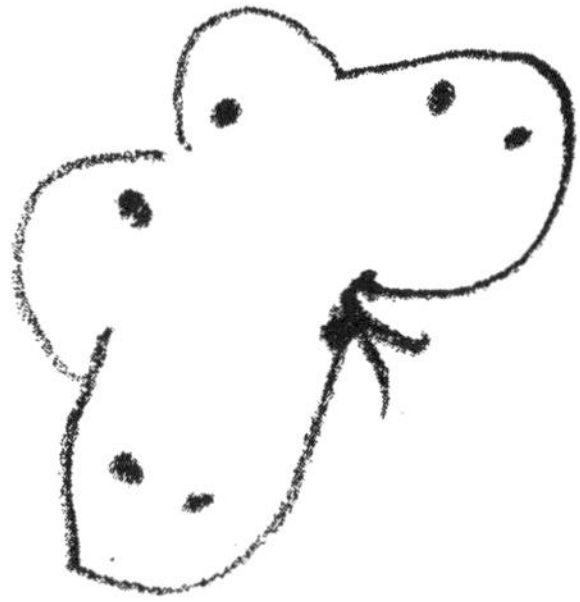

いま

立春の今日あれをしてこれをして

宇多喜代子

リッシュンと発音する。それだけでとても快い。リッシュンの音とともに希望のようなものが胸に広がる感じ。暦の上のこととはいえ、いよいよ春だ。

さて、立春に何をするか。春の支度やちょっとした旅もよい。美術館に行くのもよいが、私は近所の木々を見てまわりたい。桜や柿や辛夷《こぶし》、それらの芽に触るのだ。

むかし

春めくや京も雀の鳴くあたり

小林一茶

「チーラム　チョチ　チョン　チー　ツイーン　チョチ　チーラム　チョン　チョチ　ツイーン　チーラム　チョチ　ツイーン　チーラム　ツイーン」

以上は「二月のよく晴れた日午前十時ころ、京大構内の高い屋根で日光浴をしながら囀《さえず》っていた」雀のうかれ歌だという。川村多実二『鳥の歌の科学』(中央公論社)に出ている。

いま

コロナの春に母となりたり子と生《あ》れたり

寺井谷子

コロナの時代の母と子を詠んだ。この母子、これから、ポストコロナの象徴的な親子になるのか。作者は北九州市に住む私の同年生、すなわち一九四四年生まれだが、私たちは戦争末期に誕生した。でも、意識ができたのは戦後。もしコロナが間もなく収束したら、この句の子どもは私たちと似た育ち方をするのかも。

むかし

何はさて命大事の春寒し

尾崎紅葉

「何はさて」は何よりも。寒暖の定まらない早春の候には、例年、命大事を実感するが、去年、今年は格別である。季語「春寒し」にコロナが潜んでいる感じだから。でも、寒さに縮んでばかりではなかった。私は近所の道という道を歩きまわった。今はバスに乗って少し遠出し、未知の小道を歩いている。ジンチョウゲが匂い、ツバキが真っ赤。

いま

ひとひらの岩田明朝春の雪

秋山泰

「岩田明朝」は日本語の書体。活字の時代、読むための文字として書籍の本文に広く使われていた。現在はイワタ明朝と呼ばれている。この句、ちらついた春の雪は、まるで岩田明朝体のようだ、と言っている。活字の本に親しんだ世代だとこの感じを納得できるのではないか。ちなみに、作者は一九五四年生まれ、長く出版社に勤めた。

むかし

この道しかない春の雪ふる

種田山頭火

「この道しかない」という人生を決断した思いと、「春の雪ふる」という情景の取り合わせ。思いと情景という取り合わせは俳句の基本的技法であり、「春の雪ふる」は「春の風ふく」「春の雲浮く」「木々の芽がふく」などと置き換えることができる。それらの中でどれがよいか。逆説的になるが、この判断のむつかしさが俳句の魅力だ。

いま

梅日和など有り無しの日々過ごし

永方《ながえ》裕子

「有り無しの日々」は有るか無いか分からない日々、つまり逼塞《ひっそく》している日々だ。上天気の梅日和も無縁になっている。でも、その日々の先を期待している気分が連用形の「過ごし」にかすかにあるかも。今は有り無しで過ごしているが、やがては違うぞ、がこの「過ごし」。作者は一九三七年生まれのベテラン俳人。東京都目黒区に住む。

むかし

この世から少し留守して梅を見に

穴井太

梅見に行く気分、それを「この世から少し留守」すると表現した。たしかにこの世（現実）から別世界へちょっとスリップする感じが梅見にはある。近年、近所にある小さな川の土手の梅見が私の定番になっている。結婚や子の誕生、喜寿などを記念して植えられた木が成長し、見事な梅園になっているのだ。以前は町内会の甘酒の接待もあった。

いま

星揺れてバレンタインの日の港

山田佳乃

句集『残像』（本阿弥書店）から。作者は神戸市で俳句雑誌「円虹」を主宰している。この句、神戸港がモデルだろうか。句集ではこの句の前後に「春浅し二つ返事を少し悔い」「早春や街の隙間に海見えて」がある。早春の明るい風景が快い。バレンタインデーは、例年、私にもチョコが届く。チョコ友みたいな数人がいるのだ。

むかし

母は母娘《こ》は娘のバレンタインの日

山田弘子

その通りだろうなあ、と納得する句。この作者、右の作者の母である。この句、「母は母」「娘は娘」の対句、バレンタインの日の「ン」や「の」の響きなどが快い。つまり、五七五が楽器のようになっていて言葉が響き合っているのだ。俳句はしばしば小さな「言葉の絵」だが、同時にまた、とても小さな「言葉の楽器」でもある。

いま

のどかさや一人で生きるより二人

齊藤實

俳句はときに小さな「言葉の楽器」だと言った。句集『百鬼の目玉』（コールサック社）にあるこの句は、「一人」と「二人」という対句的表現が、「のどか」という季語と響き合って諧調を奏でている。こうした言葉の響きが俳句の醍醐味だ。「青ぞらの濁点二羽の揚雲雀」も實さんの作だが、句の前半と後半がよく響き合っている。

むかし

長閑《のどか》さや脹《ふく》れた腹をもてあます

尾崎紅葉

病気で膨張したのか、それとも食べすぎて脹れたのか。「のどか」というゆったりした気配の季語から推すと、食べすぎて満腹になっているのだろう。いわゆる腹鼓が聞こえてくる感じだ。「長閑さや」の「や」で口を大きく開き、「脹れた腹を」で口を開け閉めし、「もてあます」で開いた口をすぼめる。以上の口の動きがこの句に快調さをもたらす。

いま

下萌《したもえ》に犬は足より鼻が先

稲畑廣太郎

「下萌」は好きな季語。冬枯れのままのあちこちに草の芽がのぞくことを言う。「草萌」と同義だが、「下萌」には枯れ葉などの下でそっと芽吹いた感じがある。その感じが好き。この句、下萌を犬が嗅いでいる。「足より鼻が先」がなんともおかしい。犬もまた下萌好きなのか。句集『玉箒』（ふらんす堂）から引いた。

むかし

みこまれて癌と暮しぬ草萌ゆる

石川桂郎

癌に見込まれた、という発想がいいなあ。癌と分かったときは動転しただろうが、でも、癌を拒むのではなく、癌を受け入れ、癌と共に生きたのだ。「暮しぬ」の「ぬ」は完了の助動詞だから、亡くなった？　いや、癌はもう心配がなくなり、今、草が萌えているのかも。ともあれ、私も癌と暮らしている。それだけに草萌えがうれしい。

いま

口移しするごとく野火放たれぬ

堀本裕樹

「口移しするごとく」がなまめかしい。枯れ草に火をつけたようすであろう。キスによって枯れ草に移った火は一挙に広がる。私には「野を焼いた匂いの男女、君と僕」（句集『ヤツとオレ』KADOKAWA）がある。野火の匂いを漂わせた男になれたらいいなあ、というロマンチックな夢がある。もちろん、君もまた強く火の匂いを放ってほしい。

むかし

古き世の火の色うごく野焼かな

飯田蛇笏

現在、火のない家が多い。火をおこしたり、火を始末することが日常的ではなくなっている。暮らしから火が遠くなったのだ。ところで、野焼き、山焼きは世界各地で焼き畑農法の基本だった。その農法を通して火を扱うことに習熟し、やがて火をさまざまに利用して人間の文化が発達した。野焼きは私たちの文化の原始的風景かも。

いま

春の水とは子どもの手待ってゐる　ふけとしこ

そうだろうなあ、と思った句。私だって天気のよい日には川や池の水に手を触れたくなる。先日、散歩の途中でため池に身を乗り出して触ろうとしたら、「危ないですよ!」と若いママに注意された。この句、「春の水とは濡れてゐるみづのこと」(長谷川櫂)を踏まえ、濡れているばかりか子どもの手を待ってもいる、と遊んでみせた。

むかし

春の水小さき溝を流れけり　高村光太郎

溝を流れる水、その水に春の明るさ、勢いを感じたのだろう。一九〇九年、イタリアを旅した折の句。溝の春の水から光太郎は日本の春を感じたのかもしれない。詩集『道程』に次の一節がある。「猿の様な、狐の様な、ももんがあの様な、だぼはぜの様な、麦魚《めだか》の様な、鬼瓦の様な、茶碗のかけらの様な日本人」。自虐的だが、そうだとも思う。

いま

山いまも霞の中をさまよへる

長谷川櫂《かい》

山がさまよっている、という見方が魅力的だ。「霞」は春の代表的な季語だが、気象上は「霧」（秋の季語）と同じ。夜の「霞」は季語では「朧」に変わる。同じものが季節や時間によって微妙に変化するのだが、その変化を味わうこと、それが季語の楽しみかも。ともあれ、霞の向こうで山がさまよっていると思うとなんだか楽しい。

むかし

高麗船《こまぶね》の寄らで過ぎ行く霞かな

与謝蕪村

高麗船は朝鮮半島から来た異国船だろう。エキゾチックなその船が沖をどこかへ通り過ぎる。霞のかなたへゆっくりと消えてゆく。蕪村には「春の海ひねもすのたりのたりかな」があるが、こののどかな海は高麗船の消えた後かもしれない。この春、私は「クロッカス窓辺にあって沖に船」と詠んだ。霞のかかった沖がなぜか好きだ。

いま

たんぽぽは新型コロナの又従兄弟

おおさわほてる

たんぽぽに新型が登場した。しかもそれは新型コロナウイルスの又従兄弟だ、という句。このたんぽぽ、どこに咲いているのか。なんだかウソをついている感じの句だが、ウソで遊ぶおおらかさ、明るさ、それがコロナへの不安を払拭《ふっしょく》するのではないだろうか。作者は京都市に住む私の俳句仲間。「船団」増刊号の作品特集「コロナの日々」から。

むかし

たんぽぽと小声で言ひてみて一人

星野立子

たんぽぽと小声で言ったとき、「一人」を自覚したという句。たんぽぽの仲間、あるいはたんぽぽそのものになってしまって、「一人」を喜んでいる？　逆に「一人」をつらく感じているのか。「たんぽぽのぽぽのあたりが火事ですよ」は私の句だが、もしかしたら、立子の句の「一人」は、ぽぽのあたりにいるのかも。いや、いてほしい気がする。

いま

生きる途中土筆を摘んでゐる途中　鳥居真里子

二月下旬は二十四節気の雨水、雪が雨になり、氷がとける時候だ。日あたりのよいところではツクシが顔を出し、イヌフグリが青空の色の花を開く。小鳥たちもさえずる。この句、『船団の俳句』（本阿弥書店）から引いた。「途中」を反復した快さは、生きていることの快さ。作者は一九四八年生まれ、私のライバル的な俳句仲間である。

むかし

摘みにゆくこの世の果のつくしんぼ　たむらちせい

ちせいさんは高知県の中学校教師だった。熱血の教師という気配があった。俳句も熱心で、ある時期、彼と同じ俳句会に私は属していた。その時期、高知でなんどかごちそうになった。そのちせいさんは二〇一九年の十一月、九十一歳で他界した。この句、『たむらちせい全句集』（沖積舎）から引いたが、彼はツクシを摘みながらあの世へ行った気がする。

いま

字の大きい人より手紙水温《ぬる》む

日下野《ひがの》由季

かつて今ごろの手紙は、「水温む候となりました。いかがお過ごしですか」と起筆した。この句、大きな字が水温む感じを強めている。角川書店の『俳句年鑑』二〇二一年版から引いたが、作者は一九七七年生まれ、東京都世田谷区に住む。私の机上には万年筆がころがっていて、手紙の書ける用意が整っている。でも、ついついメールで済ます。

むかし

これよりは恋や事業や水温む

高浜虚子

二月が終わる。季語では二月の終わることを二月尽《にがつじん》と呼ぶ。これ、今は俳句用語にとどまっているが、二月が終わっていよいよ春が近づく、そのほっとする気分が二月尽にはあるかも。特にコロナ禍の今年（二〇二一年）は二月尽がうれしい。で、虚子の句を声に出して読みたい。「恋や事業」がとっても楽しそうに感じられるのではないか。

いま

三月や酒進むこと進むこと

稲畑廣太郎

前回は「これよりは恋や事業や水温む」を紹介したが、廣太郎さんは虚子のひ孫。虚子の創刊した俳句雑誌「ホトトギス」を継承、主宰している。この句、虚子の「これよりは」に呼応して、「酒進むこと進むこと」と酒を楽しんでいるのかも。もっとも彼の愛飲するのはもっぱらワインらしい。私も今日は軽い白ワインを抜こう。

むかし

三月の声のかかりし明るさよ

富安風生《ふうせい》

『季題別　富安風生全句集』（一九七七年）から。「三月や孫もリボンの蝶を黄に」も風生の作。風生にとって三月は明るいイメージの月だったのか。私にとっての三月は「三月の甘納豆のうふふふふ」である。三月にはあちこちから甘納豆が届く。その甘納豆、数粒をヨーグルトに入れ、三月の朝食のデザートにする。早春の味のデザートだ。

いま

蕗《ふき》の薹苞《とうほう》に火傷の残りをり

太田土男《つちお》

野焼きでやけどしたのだろうか。句集『草泊り』（ふらんす堂）から引いたが、この句集には「蕗の薹座敷わらしの里に入る」もある。座敷わらしの里は岩手県二戸市の金田一温泉だろうか。それとも岩手県のどこか、たとえば遠野あたりかも。コロナ禍の日本列島だが、あちこちでふきのとうが頭をもたげている、と想像すると胸が少し広くなる。

むかし

蕗の薹たべどこかしこ蕗の薹

千代田葛彦

「どこかしこ蕗の薹」という表現がいいなあ。心身が早春そのものになる感じだ。と感じたら、次の詩が頭に浮かんだ。「小諸なる古城のほとり／雲白く遊子《ゆうし》悲しむ／緑なす蘩蔞《はこべ》は萌《も》えず／若草も藉《し》くによしなし／しろがねの衾《ふすま》の岡辺／日に溶けて淡雪流る」。島崎藤村の「千曲川旅情の歌」だ。淡雪の下からふきのとうがのぞいている？

いま

言っておくホウレン草をおこらすな　久保敬子

かつてポパイのような力持ちになりたくてホウレン草をよく食べた。おひたし、ゴマあえ、ベーコンといためたポパイサラダなどを。ホウレン草はもっとも親しい野菜だったが、このところ疎遠だ。ホウレン草、怒っているかも。収穫前のホウレン草は寒さに当てる。それを寒締めと言い、栄養価や糖度が高まってうまくなるらしい。

むかし

夫《つま》愛すはうれん草の紅愛す　岡本眸

夫を愛している、ホウレン草の根の紅色も愛している、という句。夫とホウレン草の根を同格にしたところが愉快。夫はホウレン草の赤い根みたいなものなのだ。

別の読み方もある。夫はホウレン草の根の紅色が好き、それを自分も愛するという読み。これは夫唱婦随。作者は一九二八年生まれ、「毎日俳壇」の選者だった。

いま

からし菜漬《づけ》の哲学的葉脈

厚井弘志

哲学的葉脈がよく分からない、その不明なところがもしかしたら哲学的なのかも。大幅な破調で自由律に近いが、なんだか気になる句、からし菜漬けを食べたくなる。「納得のいかぬ木の芽が三つある」「バランスが取れず子猫を抱いている」も奈良市に住む弘志さんの作。俳句・川柳・詩論・随想集『ところてん』（私家版）から引いた。

むかし

人の世をやさしと思ふ花《はな》菜《な》漬《づけ》

後藤比奈夫

この俳人、きちっと仕立てた英国製のスーツを着て、いつも微笑していた。紳士の俳人という風情だった。ある会合で、勇気を出して私は尋ねた。そのスーツの値段を、である。彼は微笑して答えた。七十万くらいかな、と。この句、『後藤比奈夫七部集』（沖積舎）にある一九七五年の作。彼は二〇二〇年六月に百三歳の長寿を全うした。

いま

岩海苔の能登の真砂《まさご》を噛みあてし

石田あき子

季語「岩海苔」は、養殖海苔ではなく、岩に自生している海苔を指す。子ども時代、家で食べる海苔やアオサを採った。ワカメやヒジキも刈った。岩海苔のみそ汁には砂がよく混じっていた。

最近、天橋立へ行った際にアカモクという海藻を知った。海を浄化する海藻で、春先には芽がぷりぷりしてうまいらしい。

むかし

海苔汁の手際見せけり浅黄椀

松尾芭蕉

「海苔汁」は海苔の入ったみそ汁。「浅黄椀」は黒い漆塗りの上に浅黄色や紅白の漆で花鳥などを描いた椀。この句、芭蕉が海苔で有名な江戸・浅草の門人の家で詠んだ。見事なもてなしぶりを「手際見せけり」とたたえた。

「衰ひや歯に喰ひ当てし海苔の砂」も芭蕉。海苔に入っていた砂をかんで歯が欠けた?

いま

どらとらのらみけや猫の恋バトル

太田正己

この句、ドラトラノ、ラミケヤと読んで、何かのまじないか、と思った。すぐに、ドラ、トラ、ノラ、ミケや、だと分かった。ドラ猫、虎猫、野良猫、三毛猫たちがいっせいに恋をしているのだ。まるでバトルのように。句文集『日毎の春』（創風社出版）から引いたが、今は季語「猫の恋」のシーズン。猫たち、悩ましい声で鳴く。

むかし

鼻先に飯粒つけて猫の恋

小林一茶

飯粒をつけたこの猫はすぐに飛び出し、たとえば屋根の上で悩ましく鳴きたてるのだろう。「おわあ、こんばんは」「おわあ、こんばんは」「おぎやあ、おぎやあ、おぎやあ」。これは萩原朔太郎の詩「猫」の一節（詩集『月に吠える』）。彼には詩集『青猫』があり、町が一瞬にして猫たちの世界になる不思議な散文詩「猫町」もある。

いま

雛壇を旅立つ雛もなくしづか

高山れおな

雛壇に並んでいる雛の中には、いつもいつもそこにいないで、そこから動きたい（旅立ちたい）と思う者がいてもいいのに、と作者は考えた。面白い見方だ。そういえば私も似たことを考えて、「雲が好き三人官女の真ん中は」「あくびして五人囃子の三人目」と作った。これおなの句は『奥の細道』の芭蕉を意識しているか。

むかし

草の戸も住み替る代ぞ雛の家

松尾芭蕉

こんな粗末な家でも住む人が代わる有為転変の世のなかだ。こんどこの家に住む人は、自分と違って妻子があり、雛祭りには雛を飾るだろう。以上のような句だが、家を売って『奥の細道』の旅費を工面した芭蕉の感懐である。右の「雛壇を旅立つ雛もなくしづか」は自分が旅立った後の「草の戸」の風景だろう。

いま

不純異性交遊白魚おどり食い　田島健一

白魚のおどり食いは不純異性交遊みたいなものだ、というのだろう。句集『ただならぬぽ』（ふらんす堂）から引いた。「蝶追へば不純異性交友にさも似たり」（筑紫磐井）という句もあるが、「不純異性交友（遊）」とは私の高校時代の言葉。男女が二人で映画を見たり喫茶店に入ったりしたらそれに該当、停学や謹慎などの処分を受けた。

むかし

白魚や清きにつけてなまぐさき　炭太祇

おどり食い、つまり生きたまま白魚を食べると、そのたびにこの句を思い浮かべる。清らかだけど生臭いと思うのだ。「不純異性交遊白魚おどり食い」（田島健一）を紹介したが、不純異性交遊、たとえば二人でデートしたことが見つかると、私の通った高校ではまず始末書を書かされた。私は同級生の始末書をよく代書した。

いま

刺客我が身の内に棲《す》む余寒かな

西村和子

句集『わが桜』（KADOKAWA）から。この刺客は、他人を狙うのではなく、自分を対象にしているのだろう。自分をいましめるというか、自分の精神的、倫理的な緩みを許さない自制力のようなもの、それがこの句の刺客。季語の余寒は、立春後の寒さを指すが、それはなんとなく刺客を感じさせるのだ。私なども内に刺客を持ち続けたい。

むかし

毎年よ彼岸の入りに寒いのは

正岡子規

三月十七日（二〇二一年）は彼岸の入り。暑さ寒さも彼岸まで、ということわざを踏まえたのがこの句。子規が「彼岸の入りなのにまだ寒いね」と言ったら、母がこの句のように答えたらしい。子規は「母の詞《ことば》自《おの》ら《ずか》句になりて」と前書きをつけて句稿ノートにとどめた。この句、作者を母とみなしてもいいかも。でも、子規が書きとめたから今に残った句だ。

いま

水いまも木を登りつつ春三つ星

塩野谷仁

大きな木のそばで春の三つ星（オリオン座の中心部にある三つの星）を見上げているのだろう。そびえている木からは、木を登る水の気配がする。もしかしたら、あの三つ星が水を呼んでいるのかも。以上のような句であろうか。春の生命みたいなものを大きなスケールで詠んだ快い句だ。現代俳句文庫『塩野谷仁句集』（ふらんす堂）から。

むかし

妻の遺品ならざるはなし春星も

右城暮石《ぼせき》

春は湿気が多く、星はしばしば潤んで見える。その潤んでいるのが季語「春の星」の特色だ。この句、星を見上げている夫も目が潤んでいるのだろう。もちろん、亡くなった妻を思って涙をうかべているのだ。それにしても、春の星がすべて妻の遺品とは！　これ、別の言い方をしたら、世界は妻と共にあった、ということ。すてき！

いま

竜天に昇る二つの鼻の穴

小西昭夫

季語「竜天に昇る（登る）」「竜天に」は春分の頃を指す季語。春の生気が満ちて天地に感じる勢い、それをこのような言い方で表現している、とみなしてよいだろう。

この句、空に昇る竜の鼻息を感じるが、竜が天に昇る時候の人の鼻かも。二つの穴をまじまじと見つめていたら、竜の鼻に見えてきたのだ。なんだかおかしい。

むかし

竜天に登ると見えて沖暗し

伊藤松宇《しょうう》

中国の『説文解字』という本に竜（龍）は「春分ニシテ天ニ登リ、秋分ニシテ淵ニ潜ム」とある。近代の俳人たちはこれを面白がって「竜天に登る」「竜天に」を春の季語にした。一八五九年生まれの松宇の句はそのはしりとも言うべき句。

「龍天につま先立ちの路上キス」（小枝恵美子）は友人の作。路上のキスがなんだかとてもすてき。

いま

クレソンを摘んで家出をもくろんだ　渡部ひとみ

クレソンはヨーロッパが原産地、明治時代に洋食の普及とともに広がり、今では野生化して流れの縁や湿地などに生えている。サラダ用に栽培もされている。句集『水飲み場』（創風社出版）から引いたこの句の主人公は、クレソンを摘みながら家出のプランを立てたか。深刻ではなく、陽春のちょっとした冒険としての家出だ。

むかし

水やはらか春大根を洗うとき　草間時彦

七十代の半ばを過ぎた私の食事は野菜中心になっている。肉や魚も好きなのだが、もっぱら野菜を食べている。もっとも、食べる量が減っていて、クレソンだって大根だってキャベツだってほんの少しがよい。この句、大根を洗う時、当の大根でなく春の水をやわらかと感じるそのセンスがいいなあ。作者は二〇〇三年に他界した俳人。

いま

草餅の一人にひとつでは足りぬ

小西昭夫

朗読句集『チンピラ』（マルコボ・コム）から。朗読用に作った俳句を集めたユニークな句集である。この句には「和菓子はどれも上品な大きさです」というせりふ（前書きにあたるだろう）がついている。私なども草餅やあんパンが一つではもの足りない。でも、最近、一つでがまんできるようになった。老いの力か衰えか。どっちだろう。

むかし

からうじて鶯餅のかたちせる

桂信子

こういう鶯餅がときどきある。誰かにもらってカバンに入れて帰ったら、ウグイスかウサギか区別ができなくなっている。そういうとき、ヒヤマさん（妻）に叱られる。カバンに入れる際、つぶれない工夫をしたらどう？　それがくれた人の厚意をちゃんと受け止めるってことじゃない？　などと言われ、あんのはみ出した鶯餅みたいに私はなる。

いま

鶯が来てる！冷たい化粧水

池田澄子

ひんやりとした化粧水が快い。ちなみに、昔からウグイスの糞は美顔洗顔料として使われてきた。こじわがとれ、色白になるという。この句の主人公もウグイスの糞を使っているのだろうか。「鶯や餅に糞する縁の先」は芭蕉の句。干した餅にウグイスの糞がかかって、もしかしたら餅はいっそうもち肌になる？　なんだかおかしい。

むかし

鶯や朝の湯婆《たんぽ》を捨てに出る

安藤橡面坊《とちめんぼう》

『吾輩は猫である』の中で、美学者の迷亭が西洋料理屋でトチメンボーを注文、ボーイを困らせる。トチメンボーはメンチボールを連想させるが、これは実は正岡子規門の俳人、橡面坊のこと。橡面坊は一八六九年生まれ。大阪毎日新聞社の社員であった。この句、彼の句集『深山柴《みやましば》』（ふらんす堂）にある。

いま

椿咲くたびに逢いたくなっちゃだめ　池田澄子

木偏に春と書く「椿」。文字どおり春の季語である。澄子の句、椿が咲くときまって会いたくなる気持ちを自ら戒めているのだろう。

少年時代、私の秘密基地は藪椿の樹上。つるの絡まった大きな椿の木があり、その樹上がハンモックのようになっていたのだ。そこであおむけになり、真っ白い雲を眺めた。なぜか胸がときめいた。

むかし

落ちざまに虻《あぶ》を伏せたる椿かな　夏目漱石

「落ちざま」は落ちたそのとき。「虻を伏せたる」は虻を花がとじこめたということだろう。こういうことって実際にあるだろうか。

漱石は一八九五年に四国・松山で中学校の英語教師をしていた。彼が本格的に俳句を作るようになるのはその年から。その松山では春の到来を告げるという椿神社の祭礼、椿まつりが始まっているかも。

いま

バスの窓春の光のあたる席

鶴田静枝

いい席だなあ。心が明るくなる感じ。句集『心の窓』（草土社）から引いた。一九六一年生まれのこの作者、相模原市に住むが、その句はとても素朴で明るい。「母の手を真似て菜の花和《あ》えており」「早春の街のリズムに乗るララ」「春ショール部活の友は母となる」というように。心の窓をいつもいっぱいに開いているのかも。

むかし

ゆきつくす江南の春の光かな

松永貞徳

到着した江南（川の南）の地は春の光に満ち、雪はすっかり消えている、という句。「ゆきつくす」に到着と雪が消えるの意味が掛かっている。漢詩の詩句「行き尽くす江南の数十程」（杜常）を踏まえた作。作者は江戸時代の初めに、俳句は俗語（日常語）で作る詩と定義、それが俳句流行のきっかけになった。江南が俗語だ。

いま

あたたかやどこへ行くにも胎《たい》の子と　日下野由季

「あたたか」が春の季語。この句、身も心もあたたかそう。「どこへ行くにも胎の子と」がとてもいいなあ。というか、羨ましい。このごろ、大きな腹の妊婦、乳母車に赤ちゃんを乗せた若い母親に、私は羨望の目を向けている。彼女たち、圧倒的な存在感がある。命のかたまり、という感じ。そばにいるだけで幸せな気になる。

むかし

あたたかや皮ぬぎ捨てし猫柳　杉田久女

「皮ぬぎ捨てし」はあたたかさの表現、同時に猫柳の生き生きとした生態だ。もちろん、「あたたか」「猫柳」はともに春の代表的季語である。一句に二つの季語を使う季重なりは、俳句に入門するにあたっては嫌われがち。つまり、季重なりはしばしば失敗作になるのだ。では、この句はどうか。反則が猫柳を生かした、が私見。

いま

まだ眠れさうな気がする朝寝かな

片山由美子

朝寝という季語が好きだ。なんとなく豊かでぜいたくという気がする。もっとも、私の朝寝は朝食後である。午前三時前後に起き、パソコンなどをいじって七時ごろに朝食、その後に一時間くらい眠る。これが私の朝寝だ。これ、老人性朝寝（?）かもしれない。この句、句集『飛英《ひえい》』（KADOKAWA）から。この作者の朝寝は、さて?

むかし

春眠をむさぼりて悔《くい》なかりけり

久保田万太郎

春眠という季語は孟浩然の詩句「春眠暁を覚えず」に由来する。たしかに春の朝はいくらでも寝ていたかった。でも、いつからか、むさぼるようには眠れなくなった。と、高校生の孫に話したら、「それって、永遠に眠る日が近くなっているから、今はできるだけ目を開けておけ、ということ?」と聞かれた。辛辣《しんらつ》な問いだが、そうかも。

いま

亀鳴くを聴くは俳人ばかりなり　森潮

季語「亀鳴く」は季語中の季語かもしれない。亀は鳴かないのだが、俳人たちは、春の亀は鳴くと理解し、それを俳人同士の約束とした。こうして、「亀鳴く」という季語が成立したのである。この句は以上のようなことを俳句にして、亀の鳴き声を聞く俳人をおもしろがっている。いや、俳人である自分をおもしろがっている。

むかし

亀鳴くとうつつごころのなかりけり　森澄雄

右では森潮の「亀鳴くを聴くは俳人ばかりなり」を話題にしたが、澄雄は潮さんの父である。親子で季語「亀鳴く」を楽しんでおり、いかにも俳人の父と子だ。いいなあ。ところで、「うつつごころ」は現実感、すなわちこの世にいるという感じだが、亀が鳴くとその現実感がなくなるとこの句は言う。亀の鳴き声は別世界へと人を誘う。

いま

春の空とあんぱん一つあなたまで

山岡和子

この句の人物、好きだなあ。作者は私の俳句仲間だから、もしかしたら春の空とあんパンを私にくれるつもり? 打ち明けるが、私にはあんパンの弟子がいる。謝礼を払うので俳句を見てほしい、と言われ、謝礼は近所のあんパン数個、と答えた。一年くらい前のことだ。以来、東京都下のMさんから俳句とあんパンが送られてくる。

むかし

草に臥《ね》て右や左の春の空

岡井省二

草の上に寝転がって空を見上げている句。右も左も大空だ。「ねころんで書よむ人や春の草」は十七歳の正岡子規の作。「書」は本だろう。「不来方《こずかた》のお城の草に寝ころびて/空に吸はれし/十五の心」は石川啄木の短歌。若い人はごく自然に寝転がるようだ。そういえば、高校時代の私もグラウンドの芝生によく寝転がった。大の字になって。

いま

それぞれに歩く川べり蝶の昼

深見けん二

蝶のひらひらする昼、人々が思い思いに川べりを歩いている光景だ。「それぞれに」がいいなあ。この上なく平和だ。「背伸びするものもいくつか犬ふぐり」「ものの芽やあまねく庭に日のさして」「好きこその理系の未来入学す」も句集『夕茜《ゆうあかね》』（ふらんす堂）にあるけん二さんの句。彼は一九二二年の生まれ、『夕茜』は九十代の句集である。

むかし

蝶墜《お》ちて大音響の結氷期

富沢赤黄男《かきお》

句集『天の狼』（一九四一年）にある作者の代表作。世界が氷結してしーんとなっている。その寂然とした中で、蝶の粉々に壊れる音が大音響を立てる。これ、世界の終末的光景だろうか。赤黄男は私の郷里（四国の佐田岬半島）の先輩。私はかつて「鬼百合がしんしんとゆく明日の空」と作った。この句、先輩への共感だった気がする。

いま

風光るさくら第一保育園

二村典子

風がきらきらと光り、まるで春の明るさを配っているよう。それが季語「風光る」。この季語、ことに近年、早春の季語として人気が高い。その明るさ、軽さが時代の気分に合っているのかも。この句のさくらは保育園の名前だろう。保育園の周りには桜の木があって、花芽がふくらんでいる感じ。子どもたちの声もきらきらしている。

むかし

風光る乳房未だし少女どち

楠本憲吉

「チブサイマダシオトメドチ」と読むのか。乳房のまだ小さい少女たちが光る風の中にいる風景だ。作者はかつてテレビ、新聞などのマスコミで活躍した俳人。とてもダンディーだった。「ルーム春灯ペットの如く旅鞄」「わが血すべて酒となれかし梅ひらく」も彼。華々しい俳人だったが、実は地味で真摯な近代俳句の研究者でもあった。

いま

カバ卒業キリン卒業オレ卒業

長谷川博

カバと呼ばれる友人、キリンがあだ名の友人も無事卒業した、もちろんオレも、という句。オレはゾウみたい？　いや、ゴリラ？

小学生の私はヒツジ、天然パーマ、カリフラワー。中学時代はアベベ。髪がひどく縮れていたから。ツボサン、ネンテンとも呼ばれた。今はネンテンを自称、マシュマロジージと孫たちに呼ばれている。

むかし

一を知つて二を知らぬなり卒業す

高浜虚子

君たちは未熟だよ、と言い放っている。卒業生への大人からの厳しいはなむけであろう。虚子は高等学校を中退した。先輩の正岡子規は、卒業してから文学をやれ、とたしなめたが、子規自身が大学を中退して文学に取り組んだのだから説得力がなかった。虚子は晩年、若い日を回想して「志俳句にありて落第す」と詠んだ。

いま

地を天にあげたる心地石鹼《しゃぼん》玉

宇多喜代子

天にもあがる気分、シャボン玉はそんな気分をもたらすという句。シャボン玉は江戸時代ごろから子どもの春の遊びだったらしい。つまり、かなり古い伝統的な遊びだ。近所の百円ショップでシャボン玉セットを買い、先日、ヒヤマさん（妻）と二人で吹いた。通りかかった人が、「シャボン玉夫婦ですね」としゃれた形容をしてくれた。

むかし

しゃぼん玉大人になれば皆不幸

星野麥丘人《ばくきゅうじん》

作者八十四歳の作。右に、夫婦でシャボン玉を吹いたと書いたが、俳人が「大人になれば皆不幸」と思いながらシャボン玉を吹くのは、切ないがいい光景だ。不幸とは言いながらも、きれいでしかもはかないシャボン玉のような幸福も、その人生にはきっとあっただろう。八十代の作を集めて没後に出版された句集『小椿居以後』（KADOKAWA）から。

いま

手繰りよせ紡いでみたき春の雲

西宮舞

「雲の寄る窓辺があってたまにだがそっと来ているキース・ジャレット」「雲は春ベンチの端に猫がいてオレとの距離を測っているか」。これは歌集『雲の寄る日』（ながらみ書房）にある私の歌。こんな歌を詠むくらいだから、当然ながら句集『鼓動』（ふらんす堂）にあるこの句が大好き。作者は一九五五年生まれ、大阪市生野区に住む。

むかし

春の雲人に行方を聴くごとし

飯田龍太

「聴く」とは耳を傾けてしずかに聞くこと。人がしゃべらなくても、人の心の声が雲には届くのだろうか。このごろ、私の心がけていることは、歩きながら時々雲を見上げること、あるいは、窓をたまに開けて雲を眺めること。と書くと、雲と対話しているみたいで格好がよいが、実は、うつむきがちな姿勢を上向きにしたいのだ。

いま

囀《さえず》れる鳥の名五つなら言へる

大石悦子

五つ、言えるだろうか。ウグイス、ヒバリ、スズメ、メジロ、ホオジロ、イカル……。なんとか五つは言えた。カラス、ヒヨ、キジ、カッコウ、ホトトギスも鳴き声が分かるが、せいぜいこれくらい。私の鳥に対するかかわりはとっても貧しい。この句、句集『百囀《ひゃくてん》』(ふらんす堂)から。作者は大阪府に住む現代の代表的俳人の一人。

むかし

入り乱れ入り乱れつつ百千鳥《ももちどり》

正岡子規

古今伝授三鳥と呼ばれている鳥がいる。ヨブコドリ、モモチドリ、イナオオセドリだ。『古今和歌集』のこれらの鳥は何を指すか、師から弟子へ、あるいは親から子へ秘密裏に伝えられてきた。もっとも、実際には内容の乏しい伝授であり、何を指すのかはっきりしない。季語の百千鳥は、文字通りにいろんな鳥がさえずるさまをいう。明快だ。

いま

揚雲雀《あげひばり》心よじれつつのぼる

水上博子

季語「揚雲雀」は空に舞い上がってさえずるヒバリ。夏目漱石は「雲雀の鳴くのは口で鳴くのではない、魂全体が鳴くのだ。魂の活動が声にあらわれたもののうちで、あれほど元気のあるものはない。ああ愉快だ。こう思って、こう愉快になるのが詩である」（『草枕』）と書いた。この句、空で心をほぐしたヒバリは愉快になった？

むかし

くさめして見失うたる雲雀かな

横井也有

作者は江戸時代の名古屋の俳人。くしゃみした途端に空でさえずるヒバリ（揚雲雀）を見失ってしまった、という句。確かに空中のヒバリは少し目をそらすと見失う。「ふかぶかとあげひばり容《い》れ淡青《たんじょう》の空は暗きまで光の器」（高野公彦）は私の愛誦歌。青空のヒバリを見事に表現している。「一羽いて雲雀の空になっている」は私の句。

いま

永き日のペンギン一羽背泳ぎす

中根美保

季語「永き日」は永日《えいじつ》、日永《ひなが》とも言い、昼間の時間を長く感じる春の日を指す。その永き日、動物園ではペンギンが悠々と背泳ぎをしている。そして「内股に落花踏みたるフラミンゴ」と、フラミンゴが内股で歩いている。このフラミンゴの句も句集『軒の灯』（ふらんす堂）にある美保の作。なんだか動物園に行きたくなってきた。

むかし

鶏の座敷を歩く日永かな

小林一茶

季語「日永」は春のゆったりして長く感じる日を言う。先日、有精卵を買い、この卵をあたためるとヒヨコが生まれるよ、と近所の小学校三年生に贈った。彼女、一人で留守番していたとき、ふと卵を胸に抱き、そのまま昼寝した。目覚めたとき、胸から落ちて卵が割れた。寝ぼけた彼女は、自分が卵を産んだ、と思って号泣した。

いま

雉鳴くと車下ろしてもらひけり　田邉富子

「キジも鳴かずば撃たれまい」という。キジはケン、ケーンと高く鳴く。それで居場所がばれて人に撃たれてしまう。この言い方、無用の発言をしなければ災いを招かずにすむ、という意味だ。この句は『埴馬《はにま》』（角川文化振興財団）から引いた。キジの声を聞いて下車したというふるまいは、いかにも無用を愛する俳人のふるまいかも。

むかし

雉子の眸《め》のかうかうとして売られけり　加藤楸邨

キジは繁殖期が春、それで春の季語になっている。ところでこの句、食肉として売られているキジ、つまり猟で捕ったキジだ。それで、たとえば『新編　俳句の解釈と鑑賞事典』（笠間書院）では、季語を「売られる雉子」とし冬の句としている。だが、多くの俳句歳時記では春の句として扱われている。楸邨の代表作のこの句は一九四五年の作。

いま

陽炎《かげろう》にしづまりかへる都心かな

中岡毅雄

かげろうといえば春の野のもの。それが季語「陽炎」のいわば定番だが、この句は都心に立つかげろうを見つけている。「しづまりかへる都心」はまるでロックダウンした都心みたい。コロナ禍の風景であろうか。三橋敏雄の有名な無季句「いつせいに柱の燃ゆる都かな」を連想させる。作者は一九六三年生まれ、兵庫県三木市に住んでいる。

むかし

かげろふと字にかくやうにかげろへる

富安風生

「かげろふ」は陽炎、春の季語だ。「かげろへる」は、かげろうがゆらゆらすること。この句、ひらがな表記が視覚的にかげろうの立つようすを伝える。「陽炎にまつはられつつ怠けてをる」「老のひく杖にまつはり陽炎へる」も風生の作、かげろうを相手に遊んでいる。芸術院会員だった風生は一九七九年に九十三歳で他界した。

いま

春愁もヤクルト一本分くらい　中居由美

人間ってやっかいだな、と時々思う。今の時期、すなわち草木が芽吹き、花が咲き、鳥がうたい、生気が満ちてくる時期に、人はなんとなく哀愁を覚える。あるいは意味もなくぼんやりする。つまり「春愁」にとらわれるのだ。もっとも、その春愁、ヤクルト一本を飲めば霧消することもある。句集『白鳥クラブ』（創風社出版）から。

むかし

いつかまたポケットに手を春うれひ　久保田万太郎

季語「春うれひ」は「春愁」。無意識のうちにポケットに手を突っ込んでいる。それがこの句の主人公の春愁のポーズ。「玉川をみにゆくことも春うれひ」「こまごまとメモつけて春うれひかな」も万太郎。川を見に行く、あるいはメモをつける動作、そうしたものにも春愁がにじんだらしい。私の場合、無性にあんパンが欲しいと春愁だ。

いま

四月馬鹿あっちこっちに気のあう木　中原幸子

季語「四月馬鹿」は「万愚節」ともいい、「エープリルフール」の訳語。この季語、もっと流行したらよい、とかねがね思っている。年に一度、思い切って大胆にウソをつく、そんな日があってもよいのではないか。ちなみに、「四月馬鹿」の句を詠むと俳句が上達するらしい。あなたも一句をどうぞ。この句の作者は私の俳句仲間。

むかし

四月には魚も愚かになると云ふ　相生垣瓜人《かじん》

この句、季語「万愚節」を踏まえているだろう。芭蕉の「行く春や鳥啼き魚の目は泪《なみだ》」も。泪（涙）を浮かべる魚は、もしかしたら愚かな魚なのか。ともあれ、愚かをよしとする思想が仏教や老子などにある。自分を愚老と言い、愚息、愚弟、愚妻などと言うのもその思想を背景にしている。もっとも、愚劣な老人はいやだ。

いま

席替えをしましょ春日も取り替えて　赤石忍

席替えをし、その席を包む春の日も取り替えよう、という句。日ざしまで取り替えるのがいいなあ。学校などでは四月の初めに席が決まったはず。その席、そろそろ替え時かも。定席には安心感があるが、同時に停滞感も生じる。だから、どんな席でも席替えが必要だろう。この句、『私にとっての石川くん』（創風社出版）から。

むかし

大いなる更地に遊ぶ春日差《ひざし》　横山房子

福岡県太宰府の政庁跡は、更地というか広い草地だ。元号「令和」の発表された前々日、私はそこに座って日ざしを浴びていた。『万葉集』では、元号の出典箇所のすぐ後に、「庭には新蝶舞ひ、空には故雁《こがん》帰る」と梅花の宴の日のようすが書かれている。この「新蝶」は「初蝶」、「故雁」（去年の秋に来た雁）は「鳥帰る」として、今では俳句の季語だ。

いま

散るころに咲く桜あり。僕みたい

静誠司

「僕みたい」に共感する。句集『優しい詩』（ふらんす堂）から引いたが、作者は一九六六年生まれ、静岡市で高校の教員をしながら俳句を作っている。「100均で春が三個も買えました」「春の土手どでかい弁当ぶら下げて」「リポビタンD一発で咲く桜」「落花ちゃん落花君との三十秒」。これらも同じ句集から。いいなあ、この楽しさ！

むかし

花旺《さか》んカバもキリンもネンテンも

星野麥丘人

麥丘人は一九二五年東京生まれの俳人。石田波郷に師事し、波郷が創刊した俳句雑誌「鶴」を継承、主宰した。二〇一三年に八十八歳で他界したが、この句は八十代の作を集めた句集『小椿居以後』から。桜が満開の動物園には、なんとネンテンもカバやキリンとともにいるらしい。うれしいではないか。みなさん、春の動物園へどうぞ。

いま

春宵《しゅんしょう》のはてなこの路地抜けられぬ

小沢信男

「春宵」（春の宵）は蘇東坡《そとうば》の詩の一節「春宵一刻直千金《あたい》」にちなむ季語。情緒的で、ややなまめかしさを感じる季語だ。この句、『ぼくの東京全集』（ちくま文庫）から引いた。この句には「菊坂界隈」と前書きがある。菊坂は東京都文京区の本郷四丁目と五丁目の境に沿った坂。昔、樋口一葉が住んでいたらしい。歩いてみたい。

むかし

眼つむれば若き我あり春の宵

高浜虚子

「舞妓《まいこ》は余等《ら》の前に指を突いて、『姉はん、今晩は』とお艶《えん》に会釈する。厚化粧の頰に靨《えくぼ》が出来て、唇が玉虫のやうに光る」。以上は虚子の小説「風流懺法《せんぼう》」の一節。この小説は京都・祇園の春の宵をなまめかしい絵のように描いている。若い日の虚子、すなわち明治時代の虚子は売れっ子の小説家であった。「若き我」はその小説家？

いま

メーデーメーデー河馬イットーブンダケハナレヨ　秋山泰

「メーデー」は五月祭とか五月一日の労働者の祭典を意味するが、「助けに来て」という意味の国際救難信号でもある。この句のそれは以上のすべてを含んでいるのだろう。ソーシャルディスタンスはカバ一頭分という見方が、おかしくて楽しい。作者は京都市に住み、句集『流星に刺青』（ふらんす堂）がある。この句は「船団」増刊号（二〇二〇年）から。

むかし

メーデーの腕くめば雨にあたたかし　栗林一石路《いっせきろ》

一八八六年の五月一日、アメリカの労働者が八時間労働制を要求してストライキをしたのがメーデーの起源らしい。日本では一九二〇年に最初のメーデーが東京・上野公園で開かれた。季語のメーデーは労働祭とも言う。二十代の私は職場の仲間とメーデーに参加し、陽気にデモ行進をした。この句のように仲間と腕を組んだが、今では昔の感じ。

いま

ぽかぽかもぱかぱかも春長《た》ける音

北大路翼

「春長ける」とは春が真っ盛りになること。ぽかぽか、ぱかぱかという音はまさにその春の盛りの音である、という句。あるオンラインの句会で、この句のぽかぽかはよく分かるが、ぱかぱかが難解だという話になった。春が馬に乗っている感じかな、と私は答えたが、さて、どうだろう。この句、句集『見えない傷』(春陽堂書店)から。

むかし

大晩春泥ん泥泥どろ泥ん

永田耕衣《こうい》

「大晩春」とは晩春の極みか。これ、作者の造語だろう。「泥ん泥泥どろ泥ん」は泥まみれを連想するが、忍術の呪文のようでもある。晩春の極みという季節そのものが、「どろんどろどろどろどろん」と呪文を唱えて変身しようとしているのかも。九十歳で出した句集『泥ん』(沖積舎)から引いた。大晩春は九十歳のことかも。

夏

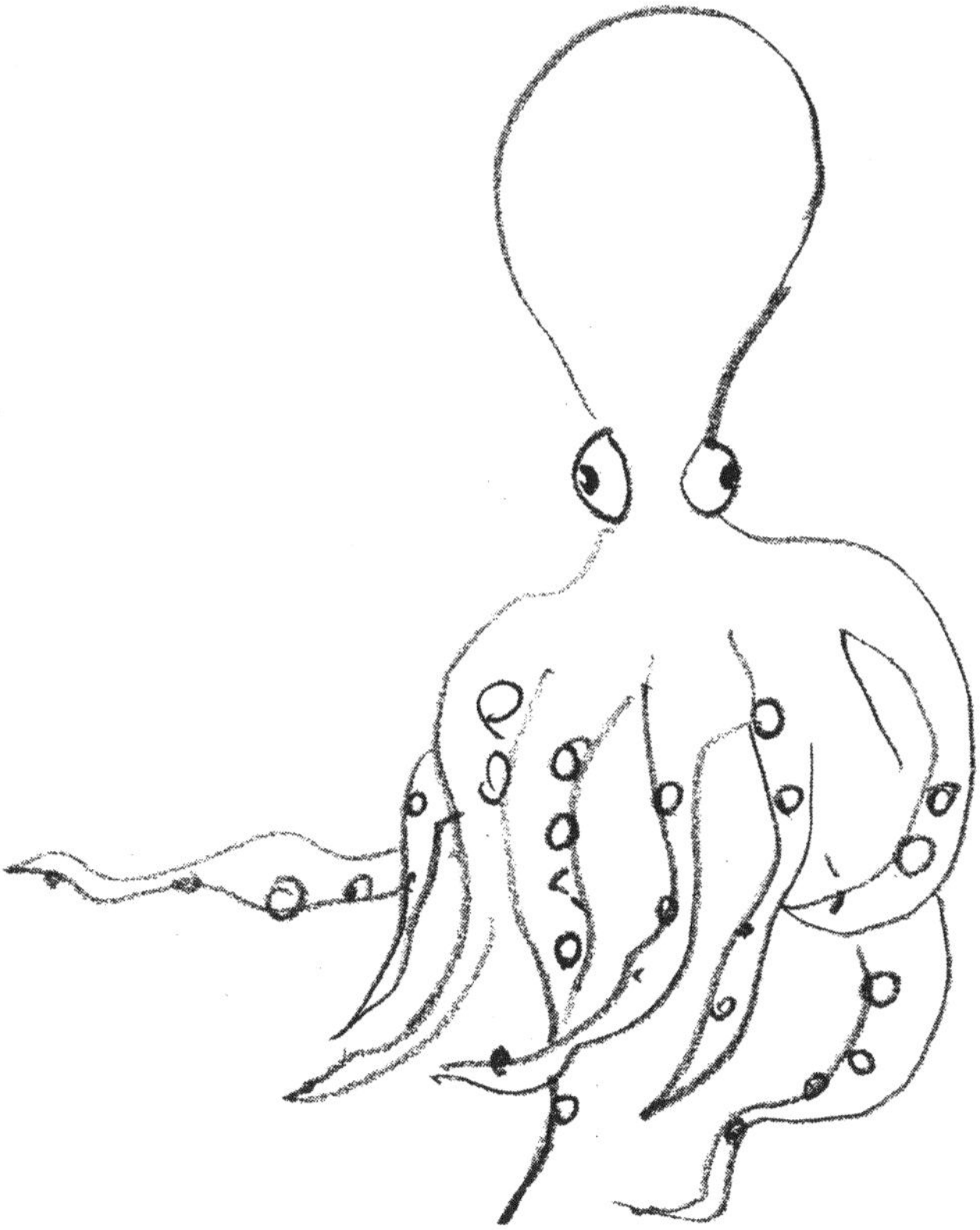

いま

少年のかかと歩きの立夏かな　中原幸子

この句、「立夏」という題の絵のよう。少年は得意そうな表情で不安定なかかと歩きをしている。

では、西脇順三郎の詩「太陽」の後半を引く。この少年、かかと歩きをしそうな感じ。「ヒバリもゐないし、蛇も出ない。／ただ青いスモヽの藪（やぶ）から太陽が出て／またスモヽの藪へ沈む。／少年は小川でドルフィンを捉へて笑つた。」。

むかし

プラタナス夜もみどりなる夏は来ぬ　石田波郷

プラタナス（鈴懸《すずかけ》とも呼ぶ）は街路樹、庭木、公園の木などになっている。この句、葉の大きいそのプラタナスを見上げ、夏の到来を実感しているのだ。「夜もみどりなる」という表現からは、濃い緑色に染まった夏の闇を感じる。

以上のことを近所にいる孫に話したら、「その闇は緑色の暗黒物質かも」とのたまった。

いま

君は初夏大陸的な包容感

有原雅香《がこう》

君は初夏みたいな人だ、という句。どうして初夏みたいなのかというと、大陸的な包容力、すなわちでっかい包容力があるから。ところで、この大陸は何大陸だろう。私としては北米大陸がいい。句集『鳩の居る庭』（ふらんす堂）から。作者は一九四四年生まれ、東京都渋谷区に住む。私も誰かに「君は初夏〜」と声をかけたい。

むかし

目つむりていても吾《あ》を統《す》ぶ五月の鷹

寺山修司

「吾を統ぶ」は私をすっかりとりこにすること。目をつむっているタカは動物園のタカだろうか。あるいは、目をつむっているのは自分で、目をつむっていても五月の空を飛ぶタカの支配下にいる感覚を表現している？　どちらにしても、五月のタカが私の王者なのだ。演劇や評論で知られるこの作者は中・高校生のころ俳句に熱中した。

いま

母の日はなにもないけどとくべつだ　本田智也

元禄の俳人、田捨女は、五男一女の母親だった。捨女が育った今の兵庫県丹波市には「田ステ女俳句ラリー実行委員会」があって、毎年、母の句を集めて「お母さん」という冊子を作っている。この句、その冊子から。作者は作句当時十一歳だった。「なにもないけどとくべつ」は、母のありがたみそのものという気がする。いい句だ。

むかし

母の日が母の日傘の中にある　有馬朗人《あきと》

日傘の母がとってもすてきだ、という句だろう。「母の日」にも、母の日が過ぎても、依然として日傘の母は存在するのだ。いや、亡くなったとしても母はなお日傘をさして立っているかも。秀句の多い句集『母国』（春日書房）から引いた。作者は二〇二〇年十二月に九十歳で他界した。物理学者、文部大臣、そして俳人だった。

いま

豆ご飯子の友のこと子に褒めて

塩見恵介

この褒め方、親としては合格というか、とってもいいのでは、と思う。豆ご飯もうまそう。句集『隣の駅が見える駅』(朔出版)から。一九七一年生まれのこの作者は大学生時代からわが家に来るようになった。兵庫の甲南高校の教諭だが、あちこちの大学などでも俳句を教えている。大活躍だ。「薫風や私の炒飯は無敵」も塩見さんの作。

むかし

老人のひとり暮らしに豆の飯

青柳志解樹《しげき》

この豆の飯、炊いたのだろうか。それともレンジでチンをした？　いや、誰かにもらったのかも。ひとり暮らしを楽しめる老人になる、その心づもりが大事、と思っている。今のところ、私はひとり暮らしに困惑しそうな老人だ。せめては今のうちに豆ご飯を炊いてみようか。「歳月やふっくらとこの豆ごはん」は妻の豆ご飯を詠んだ私の作。

いま

夕薄暑髪を自由にしてやりぬ

関根誠子

季語「薄暑」は、初夏にわずかに感じる暑さを言う。たとえば、散歩したらちょっと額に汗がにじむ、それが薄暑だ。句集『瑞瑞《みずみず》しきは』（ふらんす堂）から引いたこの句の主人公も、額に汗がにじんでいたか。ともあれ、結んでいた髪を解く、あるいはシャンプーをして、髪を自由にしてやると、心もまた髪とともにのびやかになる。

むかし

麦秋や若者の髪炎なす

西東三鬼

薄暑の候は麦秋の候でもある。麦が熟れ大地が明るい黄色に染まる。たとえばゴッホの麦畑の絵のように。といっても、今では麦畑が減っており、麦秋を実感するのは難しいかもしれない。ともあれ、三鬼の句の若者は髪を炎のように立てている。その髪、若者の情熱を示すのだろうか。

いま

新緑は顳顬《こめかみ》で知るここ東北

中村孝史

新緑の色や匂いや光が顳顬にびんびんと響くのであろうか。つまり、東北の新緑はさように濃いというのだ。作者は一九三六年生まれ、仙台市に住む。「父の日や粒あんぱんと青空と」「老人は姿勢を正す冷房車」なども句集『開顔』(現代俳句協会)にある妙におかしい俳句。あんパンや甘納豆が好きらしいこの作者に私は同志愛(?)を覚えている。

むかし

耳傷に山の陽《ひ》山の深みどり

佐藤鬼房《おにふさ》

「新緑は顳顬で知るここ東北」を紹介したが、この句は耳の傷で山の日ざしや緑を感じている。その緑、「深みどり」だから、新緑よりさらに濃い緑なのだろう。作者は一九一九年に岩手県の釜石で生まれ、東北を意識した句作りで知られた。「この飢《うえ》や遠くに山羊と蹴球と」も鬼房。飢えは精神的な渇望だろう。

いま

二滴一滴そして一滴新茶かな

鷹羽狩行

「ニテキイッテキソシテイッテキ」と音読すると、ゆったりした動作ときれいな茶のしずくがありありと目に浮かぶ。この後の「新茶かな」で香りが、ふくいくと広がる。まさに一滴の茶のしずくにも心がこもっている句だ。

狩行は現代の代表的俳人。この茶の句もいいが、私は「馬刺うまか肥後焼酎の冷《ひや》うまか」も好き。

むかし

新茶の香《か》真昼の眠気転じたり

小林一茶

私のゼミにやってきた一年生と茶話会を開いた。お菓子は宇治の茶団子。茶道部の女子学生がリーダーになり、きれいにお茶をいただくマナーをまず学び、皆で一服の茶を楽しんだ。その日、研究室の窓ではカエデの新芽がきらきらしていた。

以上は「夏も近づく八十八夜」の候の私のゼミのならいだった。

いま

けさ摘みて草の匂ひの苺《いちご》かな

長谷川櫂

とちおとめ、あまおう、さがほのか、紅ほっぺ、あきひめ、ひのしずく、もういっこ。これらは何か分かるだろうか。イチゴの名前である。現在、イチゴは十二〜三月が最盛期、ビニールハウスで栽培される。だが、季語としては初夏。季語のイチゴは露地栽培のそれをさす。この句の「草の匂ひ」は地に育つイチゴのものだろう。

むかし

耳もとに太陽の私語苺摘む

堀内薫

この句、すてきな雰囲気！　私はイチゴを摘みたくなっている。はたして太陽は何をささやくのか。そういえば、「ひのしずく」というイチゴが熊本県にある。この句、『堀内薫全句集』（富士見書房）から引いた。一九〇三年生まれのこの俳人は太陽が大好きだったらしく、「太陽にくすぐられつつ四つ葉さがす」「太陽の大きな素顔桐の花」などとも詠んだ。

いま

ピザハットの真っ赤なバイク桐の花　山本敦子

ピザハットは宅配のピザ屋さん。赤いバイクが見たくて、ネットで注文を試みた。なかなかかむつかしい。いじっているうちに時間切れになったが、三度目にやっと成功。ピザとサラダが赤いバイクで到着した。この句、『八月四日に生まれて』（ふらんす堂）から。桐の花がピザの美味を引き立てている。作者は東京都品川区に住む。

むかし

電車いままつしぐらなり桐の花　星野立子

桐の花の咲くころは薫風の時期。電車も快走するのだ。そういえば、通勤していたころ、電車の窓から桐の花を遠望した。一度は途中下車して、家並みの向こうのその桐の花を訪ねたことがある。近くで見るよりも遠望するのがよい、とその時に思った。「愛はなお青くて痛くて桐の花」は私の作。桐の花へ寄り道したころに作った。

いま

明易《あけやす》し大阪環状線始発

小川軽舟

句集『朝晩』（ふらんす堂）から。夏の季語「明易し」は夜明けが早くやってくる感じを言う。この句、一晩中飲んでいて、あるいは会社で仕事をしていて、始発電車で帰宅するのか。今、ふと気づいたが、大阪環状線も東京の山手線も、その始発電車に乗ったことがない。世情が落ち着いたら一度乗ってみよう。これ、当面の夢にしたい。

むかし

水を汲《く》む豊かな音に夏暁《あ》けぬ

阿部みどり女

水道以前の井戸の時代、この句のように朝が来た。正岡子規の日記的エッセー集『墨汁一滴』に夏の夜明けの音を記した記事がある。「午前四時、紙を貼りたる壁の穴僅《わずか》にしらみて窓外の追込籠《おいこみかご》に鳥ちちと鳴く、やがて雀やがて鴉。午前五時、戸をあける音水汲む音世の中はやうやうに音がちになる」。追込籠は各種の小鳥を入れた鳥籠。

いま

午前中はすっぴんでいる青蜥蜴《あおとかげ》

平きみえ

たとえば梅雨晴れの午前、私はすっぴん。でも、アオトカゲに負けないくらい生気に満ちてきれいだ。えっ？　トカゲが迷惑顔をするって。まあ、ちょっと厚かましいかも。以下も句集『父の手』（象の森書房）にある楽しい生き物の句。「青空や蟻のおしりはでっかいぞ」「僕たちはへの字の裸族《らぞく》なめくじり」「相談においで金魚に会ってから」。

むかし

蜥蜴照り肺ひこひことひかり吸ふ

山口誓子

たとえば雨上がり、日ざしのなかのトカゲが肺（胸）をひこひこさせている。大昔の恐竜時代を想像させる光景かも。作者には「青蜥蜴唾をごくりとわれ愛す」があり、実は大のトカゲ好き。大阪万博のころ、この有名な俳人に会った。緊張してごくりと唾をのみながら話したが、この人はトカゲ好きと思った途端に緊張がとけた。

いま

虹二重二重のまぶた妻も持つ

有馬朗人

句集『母国』（一九七二年）から。この句集の出た年、作者は四十二歳だった。妻の二重まぶたがちょっと誇らしい感じ。初々しい愛の句だ。私の孫たちは高校生の頃、二重まぶたにあこがれていた。できれば整形したい、などと言った。私にとってその乙女心は一番分かりにくい。二重だから目がきれい、と思ったことが一度もない。

むかし

虹二重神も恋愛したまへり

津田清子

作者は一九二〇年生まれ。大阪市で教員をしながら俳句を作った。そして、この句が今なお多くの人々に愛誦《あいしょう》されている。俳句を詠む人たちは、一句でも覚えられる句を作りたい、とよく口にする。だが、それは至難、絶望的である。二重の虹に神の恋愛を見てとった清子は、この一句によって今なお生き続けているまれな俳人だ。

いま

歴史に残る夏なのだらうたまに風

佐藤文香《あやか》

現在の感慨を五七五でつぶやくとこの句のようになるだろう。句集『菊は雪』（左右社）から引いたが、作者は一九八五年生まれ、俳句の若い世代を代表する一人だ。「ともだちのゐないたうもろこしごはん」「ブラインドサッカー虹のやうな夏」「また来たんかと、夏、伊勢丹に思はれたり」「南風ゆたかに粘膜にぢかに」。冒険的な句を挙げた。

むかし

頭の中で白い夏野となつてゐる

高屋窓秋《そうしゅう》

句集『白い夏野』（一九三六年）から。この句集は二十代前半の作者の百十五句を集めている。白い夏野となっているとはどういうことか、それがなんとも難解だが、この句集の注目すべきは「ちるさくら海あをければ海へちる」「山鳩よみればまはりに雪がふる」の二句であろう。イメージが鮮明、そしてリズムも快い。若い作者の傑作だ。

いま

享年十二歳みどりの柿の花

塚本邦雄

「みどり」は享年十二の子の名前。同時にその子の墓のそばに落ちている柿の花の色。破調だが、「みどり」という言葉を巧みに使って、鮮やかに柿の花のイメージを描いている。作者は前衛歌人として活躍し、数冊の句集も残した。

柿は六月ごろ、つきすぎた花や実を落とす習性がある。その習性、ジューンドロップと呼ばれる。

むかし

二三町柿の花散る小道かな

正岡子規

一町は約百九メートル。子規の句は二、三百メートルも柿の花の散る小道が続いていた、というのである。

私は過日、静岡県の森町を訪ねた。この町にある次郎柿の原木を見に行ったのだが、たいていの家に柿の木があり、若葉がきれいに茂っていた。今ごろの森町は子規の句の風景そのままで、あちこちに柿の花が散っているだろう。

いま

蝸牛《かたつむり》一寸先もみどりの葉

西原三春《みはる》

一寸先は闇、あるいは、一寸先の地獄、という。ちょっとした先、つまり次の瞬間に、ヒトには何が起こるか分からない、というのだが、でも、カタツムリだとどうか。一寸先もきっとみどり、うらやましいなあ、というのがこの句。

ちなみに、ホタルの幼虫はカタツムリを食べる。つまり天敵。カタツムリの一寸先も闇か地獄?

むかし

三日月の木《こ》ずゑに近し蝸牛

高井几董《きとう》

三日月がこずえのすぐ先に光っており、こずえにはカタツムリがいる。カタツムリも三日月を見ている? まるで絵のような光景だ。右で、カタツムリの天敵としてホタルの幼虫をあげたが、ほかにもカタツムリを食べる天敵がいる。鳥の類い、イタチ、アナグマ、タヌキ、トカゲ、カエルなど。カタツムリも一寸先は地獄かも。

いま

毛虫焼く七十歳の蹉跌《さてつ》かな

浜崎素粒子

「蹉跌」はつまずくこと。一九六八年に毎日新聞に連載された石川達三の小説『青春の蹉跌』は、刊行されるとたちまちベストセラーになった。この句の「七十歳の蹉跌」はその『青春の蹉跌』を踏まえている。『青春の蹉跌』に共感した人が、七十歳になって蹉跌し、毛虫をジジーと焼いているのだ。句集『塩屋』から。作者は神戸市に住む。

むかし

空がある毛虫の明日には空がある

永六輔

作者は国民歌謡とも言うべき「上を向いて歩こう」の作詞者だが、毛虫にも、上を向いて這《は》おう、と呼びかけている感じ。この句、『六輔　五・七・五』（岩波書店）から引いた。「めだかとうとう一匹になってしまった」「紫蘇の香が箸の先に残った」「雷の音がして雨の匂いがして」などもこの句集の秀作。作者は二〇一六年七月に他界した。

いま

では剝いてやろ空豆の宇宙服

矢島渚男

空豆の宇宙服がいいなあ。私も剝いてやりたくなる。もちろん、冷えたビールを飲みながら。少年時代、青い空豆、枝豆などを食べる習慣がなかった。それらは熟れてから食べる豆であり、空豆は炒ってぽりぽり食べた。また、マンジュウなどのあんにした。高校を卒業して大阪へ出たとき、青い空豆や枝豆に出合った。びっくりした。

むかし

昭和の子食うても食うてもそら豆

川崎展宏《てんこう》

空豆（蚕豆《そらまめ》）をはじけ豆、はじき豆とも言う。炒ってはじけさせたから。私には体験がないが、昭和の子はそのはじけ豆を袋に入れ、腰につけて泳いだらしい。海水にほとびた塩味はいかにも昭和の味だ、と某先輩。この句の作者は一九二七年生まれ、いつも食べていたのははじけ豆だったのか。ともあれ、今日は青い空豆で一杯やろう。

いま

水星へ無人探査機枇杷《びわ》うるる　後藤恵子

ビワと水星、この両者に関係があるわけではないだろう。でも、ビワと太陽系の惑星はなんとなく近縁、という気が私にはする。それでかつて、「びわ熟れる土星にいとこいる感じ」という句を作った。この句は句集『鯛焼』（文学の森）から。この作者も私と同様に感じるのか、とうれしかった。彼女は一九四六年生まれ、神戸市に住む。

むかし

種ありてこそなる枇杷のすすり甲斐　後藤比奈夫

この句の気分、分かるなあ。たしかにビワは種があってこそ、だ。つやつやした大きな種を口から出すとき、あやまって床に落としたりすると、なんだかうれしい。それで、時々だが、わざと落としたりもする。「びわ食べて君とつるりんしたいなあ」は私の作（句集『ヤツとオレ』）。私にとってビワの熟れる時期はつるりんの候である。

いま

ぼうふらの浮力・重力・非暴力

花谷清

ボウフラやカは嫌われる。なにしろカはデング熱などを媒介する害虫中の害虫なのだ。でも、俳句の世界では人気者だ。句集『球殻』（ふらんす堂）から引いたこの句は、「非暴力」という言葉がおもしろい。確かにボウフラは非暴力的存在だ。キンギョやメダカの餌になり、さして害を与えない。でも、カに変じると事情は一転する。

むかし

我思《わがおも》ふままに孑孑《ぼうふら》うき沈み

高浜虚子

ボウフラをじっと見ているのだろう、ずいぶん長く。この句の主人公はとてもヒマな人らしい。ともあれ、私見ではこのような人物を俳句的人間と呼んでよい。アリやトカゲやクモを三十分くらいは眺め、それでもなお飽きない人、それが俳句的人間だ。かつて私は各地の動物園のカバの前に一時間いた。私の俳人修業であった。

いま

蚊を叩《たた》きティッシュに並べ今二匹　河野祐子

蚊、蠅、毛虫、蜘蛛などの身近な虫はそのほとんどが季語である。嫌われがちなそれらの虫の存在感を認め、その上で存分に楽しむ。それがいわば俳句的発想である。この句、蚊をたたいて殺し、それをティッシュに並べているのだが、さらに三、四、五匹と並べたくなるだろう。一九七九年生まれの作者の快感は俳句的発想そのもの。

むかし

蚊もちらりほらり是《これ》から老いが世ぞ　小林一茶

蚊がちらりほらり、すなわち目立つようになってきた。蚊に刺されるのは嫌だが、考えようによっては、老人のしのぎやすい「老いが世」が蚊の出現とともに始まるのだ、という句だろう。「年寄りと見るや鳴く蚊も耳の際《きわ》」「蚊の中へおっ転がしておく子かな」「暇人や蚊が出た出たと触れ歩く」。これらも蚊と親しむ一茶の句。

いま

夏の猫ごぼろごぼろと鳴き歩く

金子兜太

「ごぼろごぼろ」というオノマトペがいいなあ。肥えた猫がいかにも暑そう。自分をもてあまして歩いている感じ。老いた猫か。

この句は九十歳の年に出した句集『日常』（ふらんす堂）にある。「空蟬《うつせみ》と麦焼酎の湯割りかな」「ゆっくりと飯嚙む天道虫《てんとうむし》と居て」も兜太。彼は日常において猫や虫とすっかり同化している。いいなあ、そんな日常も。

むかし

酒過《すぎ》し藪蚊《やぶか》やわあんわんわんと

小林一茶

「夏の猫ごぼろごぼろと鳴き歩く」を話題にしたが、「ごぼろごぼろ」というオノマトペがいかにも夏の猫の音という感じだ。その兜太の句に匹敵するのがこの句ではないだろうか。飲み過ぎて藪蚊に攻められているのだが、「わあんわんわん」はいかにも藪蚊の猛攻。「年寄りと見るや鳴く蚊も耳の際」も一茶。

いま

じゃんけんで負けて蛍に生まれたの　池田澄子

この句は現代の代表的な蛍の句。「人に生まれようが鯨に生まれようが蛍であろうが、その儚《はかな》さは同じだろう」と一九三六年生まれの作者は述べている（『ベスト100　池田澄子』ふらんす堂）。

俳句は何度も引用され、そして多くの人に覚えられることで名句になってゆく。この句など、何度でも話題にしたい作だ。

むかし

さくさくと飯くふ上をとぶ蛍　小林一茶

生活感が生き生きとしているこの句、いかにも一茶らしい。食べているのはお茶づけだろうか。

では、二百を超す一茶の蛍の句から私の好きなものを挙げよう。「犬どもが蛍まぶれに寝たりけり」「それそれと親からさわぐ蛍かな」「蛍見や転びながらもあれ蛍」「本通りゆらりゆらりと蛍かな」「蛍よぶうしろにとまる蛍かな」。

いま

一滴の血もなき麦藁蛸《たこ》眠る

宇多喜代子

「六、七月、麦藁どきの蛸で、味がよくなり始める。京阪では夏祭のころことに珍重し、『麦藁蛸に祭鱧（はも）』と言って、味のいいことのたとえに言う」。以上は『最新俳句歳時記　夏』（文藝春秋）の「麦藁蛸」の解説。この句の作者は大阪に住むタコ好き、タコをさかなに日本酒をのむのだが、血のないタコを食べるのは殺生にあたらない？

むかし

蛸壺やはかなき夢を夏の月

松尾芭蕉

「海の底の蛸壺の中にはタコが寝ています。夢で夏の月を見たりしながら。つまり、芭蕉は、蛸壺の中で眠るタコの気分になっているのです。タコ気分の芭蕉って、おかしくて、楽しいですね」。以上は小著『松尾芭蕉　俳句の世界をひらく』（あかね書房）の一節。この本、小学生向けの伝記だが、タコ気分の芭蕉を描いたつもり。

いま

ただならぬ海月《くらげ》ぽ光追い抜くぽ

田島健一

「ただならぬ海月ぽ」までを一気に読み、そして「光追い抜くぽ」と読みたい。つまり、「ぽ」を末尾に置いた対句的表現の句。では、「ぽ」は何か。クラゲの光を連想するが、その意味は分からない。しかし、こうしてこの句を読むと、読者の中でときどき「ぽ」が光るだろう。それはこの句が傑作だから。句集『ただならぬぽ』（ふらんす堂）から。

むかし

水母《くらげ》にもなりたく人も捨てがたく

藤田湘子《しょうし》

クラゲになりたいというのは、ちょっとはかない気分になっているからか。でも、まだ人間でもいたい、とこの句。半分はクラゲ、半分は人間になったらどう、と茶々を入れたくなるのは、少年時代、泳いでいて刺され、痛い思いを何度かしたせいかも。時候は土用だが、私が少年期を過ごした愛媛・佐田岬半島では土用波が立つとクラゲに要注意だった。

いま

カップルにある噴水のうらおもて

坊城俊樹

噴水の表側にいるカップル、噴水の裏側にいるカップルは事情が違う。つまり、カップルに噴水の表派と裏派があるという句。裏派には人目をはばかる事情がある？

句集『日月星辰《じつげつせいしん》』（飯塚書店）から引いたが、この句と同じページに「さみだるる閻魔《えんま》の赤き舌までも」「梅雨じめりしてゐてセントバーナード」がある。いずれも楽しい。

むかし

噴水に神話の男女あそびけり

阿波野青畝《せいほ》

この句は一九六九年にヨーロッパを旅した際の作。青畝は「人獣《ひとけもの》くはしく彫りし泉かな」とも詠んでおり、「神話の男女」も噴水のまわりに置かれた彫刻なのだろう。

劇作家・評論家の山崎正和に「水の東西」という評論がある。噴水は西欧の、「鹿《しし》おどし」は日本の、水に対する見方や感性の特色を示すものだ、と山崎は説いている。

いま

滴《したた》りや宇宙膨張して止《や》まず

春日石疼《せきとう》

句集『天球儀』（朔出版）から。作者は福島市に住む。宇宙は膨張し続けている、しかも光速より速く、などと言われるが、私にはよくは分からない。ただ、星空を見上げていると、果てしのない世界へ誘われる感じがする。宇宙へ落ちるようなその感じがなぜか好きだ。この句、「滴り」（岩を滴る水）に宇宙を感じている。

むかし

滝の上に水現れて落ちにけり

後藤夜半

岩肌を滴る水、それを季語では「滴り」と呼ぶ。滴りが大量になったら季語「滝」だ。この句、一九三一年発行の『日本新名勝俳句』に出ている。「水現れて」という水の擬人化が意表を突く。「落ちにけり」も水が投身自殺でもしている感じ。やはり擬人化だ。この句、写生の句と見られてきたが、斬新な擬人化が魅力なのではないか。

いま

六月はラバーブーツっていう感じ

芳野ヒロユキ

私だと「六月はゴム長靴という感じ」だが、それだと昭和の六月かも。当世はラバーブーツとかレインブーツになるのだろう。句集『ペンギンと桜』(南方社)から引いたが、作者は一九六四年生まれ、静岡県の高校教師。句集ではこの句の前に「カタバミは山崎自転車屋のおやじ」という私の愛唱句がある。こっちはまさに昭和だ。

むかし

水無月《みなづき》や風に吹かれに故郷《ふるさと》へ

上島鬼貫《おにつら》

季語「水無月」は陰暦六月の異称。鬼貫は一六六一年に今の兵庫県伊丹市に生まれ、大阪、京都などに住んだ。大和郡山藩などの財政に関わる仕事をしながら俳句でも活動、自由奔放な伊丹風という俳句のリーダーだった。「風に吹かれに」という口語的な軽い表現はその伊丹風の一端。この句の故郷の風は伊丹の名産の酒の香りを帯びている?

いま

利かん気にのっける七月の帽子

芳賀博子

「利かん気」は勝ち気とか意地っ張り。利かん気の人の頭にさっと七月の帽子をかぶせたのだ。意地を張る子どもと、たとえば外出しようとしている光景だろうか。

この句、実は「七月の帽子」という言い方が珍しい。季語ではそれを夏帽、あるいは夏帽子と言う。「七月のぜんぶざくざくカレー鍋」も一九六一年生まれの博子の作。

むかし

火の山の裾に夏帽振る別れ

高浜虚子

火山、たとえば浅間山とか阿蘇山のふもとで誰かと別れた光景。避暑に来ていた恋人どうしであろうか。絵のようにきれいな句だ。

「夏帽子（夏帽）」は近代に普及した季語。日焼けや熱中症を防ぐほかに夏のおしゃれとしても夏帽子が愛されている。「手にとれば月の雫《しずく》や夏帽子」（泉鏡花）は月光の中の夏帽子。これもきれい。

いま

朝取りのトマトのような嘘ついて

土谷倫

俳句選集『あの句この句　現代俳句の世界』（創風社出版）から。この句のウソ、きっと機知に富んだ楽しいウソだ。だまして困らせるウソでなく、場を一挙に明るくさせる快いウソ。作者は兵庫県伊丹市に住むわたしの俳句仲間。ところで、今、トマトの時代という気がする。野菜売り場へ行くと多種多様なトマトがあって、トマトのコーナーはとっても明るい。

むかし

虹たつやとりどり熟れしトマト園

石田波郷

この句、虹とトマトが季語だが、トマトは季語というよりも情景の一部の感じ。句集『鶴の眼』（一九三九年）にあるのだが、当時、トマトはまだ影の薄い野菜だった。「剪《はさみき》る蕃茄《とまと》や露にふつつりと」（山口誓子）も四四年の句だが、蕃茄と書くとうまそうでない。トマトは、明治時代にはなんと赤茄子と書いた。とってもまずそう。

いま

冷そうめん夫はほとほと甘えん坊

佐々木麻里

もしかしたら、あーんして、と言いながら夫に食べさせている？　わが家の冷やそうめんは、ゆでたそうめんをまず氷水で冷やす。冷えたそのそうめんに薄焼き卵、甘煮のシイタケ、青紫蘇、ショウガをのせ、めんつゆをかけて食べる。時にのりを加えることもある。めんは一口分に丸めてあるので、あーんして、などとはならない。

むかし

ざぶざぶと素麵《そうめん》さます小桶かな

村上鬼城

この素朴さ、いいなあ。そうめんがとってもうまそうだ。もっとも、この句の光景は井戸端あたりかも。そういえば、わが家には桶がない。あっ、ただ一つ、すし用の桶がある。カミさんが結婚したときに実家から持参した桶だ。約半世紀、田舎風ちらしずしをその桶で作ってきた。ちらしずしと冷やそうめんはわが家の夏の定番。

いま

えびせんに始まるけんか夏休み

工藤惠

いいなあ、こんな夏休み。私も、わが家の子どもたちも、かつてはこのようだった。えびせん、かき氷、スイカ……。そうした食べ物を子どもたちは奪い合った。そのような体験のせいだろうか、スイカを切るとか、水ようかんを分けるとき、今でも私はついつい大きい方へ目がゆく。この句、『雲ぷかり』(本阿弥書店)から。

むかし

夏休トマトケチャップマヨネーズ

草間時彦

『草間時彦集』(俳人協会)には以下のような自注がこの句にある。「米国人がトマトケチャップをよく食べるのに驚いたら、日本では若者がマヨネーズ。おじんはわさび醤油がよろしい」。わさび醤油に賛成だ。ちなみに、わが家の今は、「夏休みトマトと胡瓜ひややっこ」が定番。先日は「夏休みアジの干物とひややっこ」だった。

いま

うちの子でない子がいてる昼寝覚め　桂米朝

ついこの前まで、日本にはこの句のような昼寝があった。昼寝ばかりか、テレビを見ている時、すいかを切る時、そして夕食にもよその子がいた。もちろん、わが家の子も同じようによそで過ごした。

この句の作者は人間国宝の落語家。でも俳句は下手の横好き風。それがいいなあ。「夏の夜に置きたいような女なり」も師匠の句。

むかし

ひやひやと壁をふまへて昼寝かな　松尾芭蕉

ひんやりした壁に足をかけているこの行儀の悪さ！　これって昼寝の醍醐味だ。ちなみに、芭蕉は今の大津市の俳句仲間を訪ね、そこでいっしょに昼寝をした。それがこの句である。昼寝にふさわしい場所を見つけて昼寝する。それがごく自然な夏の午後の風景になれば、おのずと節電やエコが実現するかも。

いま

涼し黒板「下ノ畑ニ居リマス」と　上田日差子《ひざし》

黒板の「下ノ畑……」の文字を見ると、いっそう涼しくなる、という句。「涼し」が夏の季語だ。この黒板の文字は宮沢賢治の言葉。岩手県花巻市の花巻農業高校の敷地内に賢治の住んだ家が復元され、この黒板も掛かっている。現在は同高の生徒が黒板に上書きし、賢治の言葉を今にとどめている。私は先年六月、この黒板を見てきた。

むかし

七月の塀の落書「アキコノバカ」　高柳重信

右の句は黒板の文字だが、この句は塀の落書き、つまり、季語つなぎでなく、黒板から塀への変則的リレーをした。この落書き、もちろん一種のラブレターである。七月七日は七夕だが、日本のどこかにはササ飾りの短冊、あるいは塀の落書きに、好きな人の名を書いた者がいるのではないか。重信は昭和後期の代表的俳人。

いま

経験の足りずぶんぶん窓を打つ

岸田尚美

「ぶんぶん」はコガネムシ、カナブンともいう。飛んで火に入る夏の虫、という言い方がある。自分で危険へ飛びこんで身を滅ぼすことだが、その端的な例がこのぶんぶんだ。ガラス戸や網戸に音を立ててぶつかる。句集『明るき空のまま』（ＮＨＫ学園）から。作者は私の隣町の大阪府茨木市に住む。最近、親しくなった。

むかし

俳人にかなぶんぶんがぶんとくる

金子兜太

この句の「かなぶんぶん」、俳人にぶつかった。カナブンブンはコガネムシ。私はブンブンと呼ぶ。ともあれ、この句は、「ぶん」を三回も繰り返し、この虫の元気よくぶつかるさまを表現した。「金亀子《こがねむし》擲《なげう》つ闇の深さかな」（高浜虚子）という句があるが、俳人・兜太もまたぶつかったコガネムシを闇の向こうへ投げたのだろう。

いま

うつかりもすつかりもこの暑さかな　高橋将夫《まさお》

句集『命と心』（文學の森）から引いた。作者は大阪市に住み、俳句雑誌「槐《かい》」を主宰している。この句を読んで、気候のせいにできる発想は便利かも、と思った。自分の責任をちょっと緩和できるから。季語を大事にする俳句は、気候などの季節現象によって心身を緩和させる文芸なのかも。「朝焼はジャズ夕焼は子守唄」もこの作者の句。

むかし

暑き故ものをきちんと並べをる　細見綾子

この句の気分、よく分かる気がする。意志的にきちんとしないと暑さに負けてしまうのだ。暑中なので、このところ、メールの起筆は「暑中お見舞い」である。「暑中お見舞い、いよいよ五輪ですね」とか、「暑中お見舞い、いっしょに生ビールを飲みたいよ」などと書くと、元気が出るというか、暑さに負けておれない気になる。

いま

甚平や生活はなべて目分量

能村研三

句集『神鵜《かみう》』（東京四季出版）から。この句集には「甚平着て気骨反骨貫けり」「長考のあとの直感甚平着て」もあり、甚平は作者の一種のトレードマーク的な家庭着らしい。それはともかく、「生活はなべて目分量」がいいなあ。そうありたいと私も思ってきた。作者は一九四九年生まれ、千葉県市川市で俳句雑誌「沖」を主宰している。

むかし

夕日あかあか浴衣に身透き日本人

中村草田男

甚平、浴衣、すててこ、白絣《しろがすり》……。手元の俳句歳時記に出ている夏服の類だが、私は甚平も浴衣も着ずに老年の夏を迎えている。夏はもっぱらTシャツで過ごしてきたのだ。カバのイラスト入りのTシャツが数枚あって、それを愛用している。草田男の句、浴衣姿こそが日本人、と言っている感じだが、カバのTシャツも捨てたものではない。

いま

ポンジュースごくごく少年探偵団　つじあきこ

ジュースは一年中あるのだが、季語としては夏。夏にごくごく飲みたいではないか、ジュースは。

時々、季語はどのようにして決められるのですか、と問われる。俳句に多く詠まれ、その言葉の季節が定まると季語になる。つまり、俳句を作る人たちの約束によって季語はできる。「つぶつぶのジュースをごくん屋根の上」は私の作。

むかし

一生の楽しきころのソーダ水　富安風生

この句、ソーダ水を前にした若者たちの表情を伝える。一九四八年、敗戦から間もない時期の若者たちの光景だ。ちなみに、私はレモンスカッシュが好きだった。

次に引くのは金子光晴の詩「十代」（詩集『塵芥《じんかい》』）の一部。「空は晴れて、瑠璃《るり》いろだったし／誰もしらないたのしいことが、／もちきれないほどたくさんあった」。

いま

蜜豆や国語粗末にするなかれ　田中哲也

蜜豆を食べる若い女性のぞんざいなしゃべりかたを気にしている句。よくある光景だろう。若者はいつの時代にも国語を乱そうとする。言葉とは約束の体系だから、後から来た世代はそれを乱すことで約束に新しい風をもたらす。逆にいえば、国語の乱れがやたら気になりだすといわゆる老化が始まっているのかも。

むかし

みつまめをギリシャの神は知らざりき　橋本夢道

そりゃそうだろう、と思うが、思いながらも、ギリシャの神々と取り合わせた蜜豆がとても新鮮。実にうまそうに見える。

殿岡駿星の『橋本夢道物語』（勝どき書房）によると、この句は夢道が一九三八年に考案した広告文案だという。俳人でもあった夢道の勤めていた東京・銀座のしるこ屋はこの句によって人気を博したらしい。

いま

麦酒《むぎざけ》と書けばビールと味違ふ

後藤比奈夫

ビールに漢字を当てれば麦酒。でも、ビールと麦酒では味が違う、とこの句。さて、どのように違うのだろう。作者は一九一七年生まれ、句集『白寿』（ふらんす堂）から引いた。「象涼し鼻で物言ひ尾で返事」「楊梅《やまもも》を口にみんなが美味しがる」。これらもその句集の作だが、なんとも心が軽いというか、すずやかな感じ。その軽快さがすてき。

むかし

麦酒のむ椅子軋《きし》らせて詩の仲間

林田紀音夫《きねお》

「麦酒」はビールだが、わざと麦酒と書くことで詩的なイメージのふくらみをねらったか。なにしろ、いっしょに飲んでいるのは詩の仲間たち。麦酒と書くと、たとえば熟れた麦畑が広がるかも。作者は一九九八年に七十三歳で他界した。貧しい時代の小さな詩、それが彼の残した俳句だった。「妻の財布で麦酒飲まむと共に出る」も彼の句。

いま

おじさんはこれでいいのだ冷ややっこ　宇都宮さとる

私も冷ややっこがあれば、三日でも四日でも、いや一週間でも満足。木綿豆腐の少し硬めが好みだ。句集『蝦蟇《ひき》の襞《ひだ》』（SOU出版）から引いたが、「これでいいのだ」は赤塚不二夫のマンガ『天才バカボン』に出るギャグ。それを取り込み、「おじさん」と「冷ややっこ」を取り合わせて日本のおじさんの典型的な夏を描いた楽しい句。

むかし

冷奴水を自慢に出されたり　野村喜舟

豆腐とか酒は確かに水を自慢にする。「ここは水がいいですから豆腐も酒もうまいです」などと言うのだ。子どものころ、坂道を下って豆腐を買いに行った。豆腐を買うのは子どもの仕事だった。おからもいっしょに買った。私は高校卒業を機に故郷を離れたが、それから年々、故郷の木綿豆腐がうまくなった。今ではあこがれである。

いま

炎昼の犀《さい》の真下に犀の影

大崎紀夫

「炎昼」は夏の暑い昼下がり。この句、その炎昼にサイが突っ立っている。くっきりしたサイの影がサイの真下に落ちている。ただそれだけの光景だが、石版画のように白黒が深い。句集『俵ぐみ』（ウエップ）から引いた。作者は一九四〇年生まれ、埼玉県戸田市に住む。「はまなすや貨車を倉庫としてゐたる」も紀夫さんの絵画的な句。

むかし

炎昼やとぼしけれども蔵書あり

山口誓子

季語「炎昼」は誓子の句集『炎昼』（一九三八年）から広がって定着した、と言われている。しかし、句集『炎昼』には炎昼の句がない。この句は句集『晩刻』（一九四七年）から引いた。実は誓子が作った「炎昼」の句はこれ一句だけである。神戸大に誓子邸を復元した山口誓子記念館がある。大阪湾を一望でき、予約すれば句会もできる。

いま

日傘からカラダはみ出る午後三時　ねじめ正一

カラダというカタカナが、体（たとえば腕）を物体のように感じさせる。しかも午後三時の日盛り、カラダは蒸し上がる感じだろう。

この句、エッセー集『母と息子の老いじたく』（中央公論新社）から引いた。詩人・小説家の作者は、俳句好きな母を笑わせるために俳句を作るようになるが、この句で母が「大笑いした」という。

むかし

たたまれて日傘も草に憩ふかな　阿部みどり女

たとえば木陰のベンチ。そのそばの草むらには畳んだ日傘が置いてある。ベンチで涼を取る婦人の日傘だ。この光景、「日傘」という題の洋画を思わせる。

みどり女は一八八六年生まれ。大正時代に俳壇に登場し、近代の女性俳人のはしりともいうべき存在であった。「空蟬のいづれも力抜かずゐる」はみどり女の代表作。

いま

見えてきてどっと広がる夏の海

河内静魚

句集『夏夕日』（文學の森）から。作者は東京都文京区で俳句雑誌「毬《まり》」を主宰している。この句、「どっと広がる」に夏の海の存在感がある。「白フェリー夏の雲から生まれけり」「泳ぎ来て水の重さの腕置ける」も静魚さんの作。雲から生まれる、水の重さの腕などという表現が、夏の海の生き生きとした一面を具体的に伝える。

むかし

晩年やまだ海のまま夏の海

永田耕衣

晩年になったなあ。眼前に広がる海はまぶしい夏の海だ。圧倒されそうだが、でも、自分の中にはこの夏の海のようなものが今なお残っている。以上のような意味だろうか。晩年を意識するようになっても、たとえば少年の日に泳いだ海の感触が心身のどこかに広がっているのだ。老人とは少年や少女を内に抱えこんだ海かも。

いま

こんな日にアイスクリーム食べますか　稲畑廣太郎

意外なイメージや認識によって五七五音の表現が詩になる。それが俳句だが、では、この句は？

まず「こんな日」だが、夏でも寒いと感じる日だろう。夫婦げんかの最中とか、親しい人が危篤の日など。そんな日、季語のアイスクリームはことに冷たく、白々しい。その際立つアイスクリームに私はかすかに詩を感じる。微妙だが。

むかし

沖に船氷菓舐《な》め取る舌の先　西東三鬼

アイスキャンディー、アイスクリーム、シャーベットなどを氷菓と総称する。この句、舌が活躍しているが、なめているのは棒状のアイスキャンディーだろうか。

三鬼の句、まず遠景の船をとらえ、それから近景の氷菓をなめる舌の先をクローズアップする。なめる舌のかなたに船のいる構図だが、それはモダンな洋画みたい。

いま

蟬鳴いて今日一日の始まれる

阿部誠文《せいぶん》

蟬と共に朝が始まるのは、まさに夏の朝って感じ。その夏の朝、何かを見て少なくとも十分くらいじっとしていたい。せかせかと生きてきたので、そろそろゆっくり構えよう、と思っているのだが、これがなかなかむつかしい。先日、蟬の鳴く街路樹の下にすわっていたら、「大丈夫？　水、あげましょうか」と声を掛けられた。

むかし

蟬聞いて夫婦《みょうと》いさかひ恥づるかな

井原西鶴

「夫婦いさかひ」は夫婦喧嘩。蟬は地上でわずか一週間の命だという。蟬の声は短い命を一生懸命に生きている感じだ。その蟬に比べて、夫婦喧嘩をするなんていうのは悠長過ぎて恥ずかしい、という句。喧嘩する暇があったら金もうけの才覚でもしろ、という句であろうか。でも、西鶴さん、夫婦喧嘩も時には人の一生懸命の姿かも。

いま

空蟬に象が入ってゆくところ

行方《なめかた》克巳

季語「空蟬」はセミの抜け殻。その空蟬の中へ、あの大きな象がもぐりこもうとしている。現実にはけっしてあり得ない風景だが、五七五の言葉の風景としては、もちろん、あり得る。象は身を縮めようとしているのかも。この句、句集『晩緑』（朔出版）にある傑作だ。作者は私と同年の一九四四年生まれ、東京都大田区に住む。

むかし

空蟬を妹《いも》が手にせり欲しと思ふ

山口誓子

この句の妹は恋人だろう。この句のような思いは、現実にあり得るというか、恋心としてはある意味でありふれている。ところが、右の「空蟬に象が入ってゆくところ」は非現実的風景、言葉の世界でのみ可能な風景だ。私は、誓子と克巳の句のあいだを〈俳句の領域〉と見ている。誓子は昭和前期の代表的俳人だった。

いま

冷やし中華食べたくなったので盛夏

西裕加《ゆうか》

盛夏といえばセミ、入道雲、スイカなどを私は連想する。だが、裕加さんはスイカでなく冷やし中華、彼女には冷やし中華が盛夏のシンボルなのだろうか。裕加さんは和歌山市に住む俳句好きな若者。小句集『フルーツサンド』を出した。「休日は素足になってヨーグルト」「俺がしてやるよとカレー夕涼み」など、とても初々しい。

むかし

嶽《たけ》の上にのぞける嶺《みね》も盛夏かな

村山古郷

『村山古郷集』（俳人協会）から引いたが、この本で作者は以下のように書いている。「富山から高山本線で木曽山中を通った。大きな嶽が幾つも重なり、その上に青い嶽が聳《そび》えていた。その嶽も真夏の青さであった」。私が日々に見ている大阪の山も今や盛夏の青さである。古郷は一九八六年に他界し、『明治俳壇史』『石田波郷伝』などを残した。

いま

山の子の西瓜《すいか》叩くと山の音

坊城俊樹

近所のスーパーでのこと。西瓜をしきりにたたく男を少女がいさめた。「おじいちゃん、叱られるよ。そんなにたたいたらだめよ」

たたいて熟れ具合を音で知る。それがかつての西瓜だった。ところが、冷蔵庫用に小さく切って売られるのが普通になった。糖度も示される。時代を反映して西瓜はすっかり変わったのだ。

むかし

正直値段ぶつつけ書きの西瓜かな

小林一茶

「正直値段」という言葉がいいなあ。掛け値なしの値段のことだろうが、それを西瓜に直接に書いている。それがぶっつけ書きだ。

ところで、季語としての西瓜は秋であった。今でも歳時記の秋の部に出ている。だが、西瓜はとっくに夏の代表的な果物として定着している。夏の季語として西瓜を食べ、そして西瓜を詠みたい。

いま

ゆうやけこやけ子分が一人いて親分

野本明子

北野武監督の映画『龍三と七人の子分たち』を連想するが、明子さんの俳句の主人公の子分は一人だけ。もしかしたらその子分って犬？　この句に触発されて気づいたのだが、私に子分はいない。犬もいない。ということは親分ではない。親分や子分の関係が私にはないのだ。あるのは友だち関係のみ。ちなみに、夕焼けは夏の季語。

むかし

夕焼や生きてある身のさびしさを

鈴木花蓑《はなみの》

私にあるのは友だち関係のみ、と言ったが、その友だち関係も実は淡い。長く教員をしていたので、いくらか師弟の関係があるのだが、私は教え子を若い学友として遇してきた。対等の付き合いが私にはいつも快適だった。対等にして淡交、それがよい。だが、時には孤独感に陥る。一人で夕焼け空を見上げているときなどに。

いま

犯人を本に戻して夏終る

岡野泰輔

この句、夏の終わりと共に長い推理小説も読了した、その気分を詠んでいる。句集『なめらかな世界の肉』（ふらんす堂）から引いた。「犬濡らすそしてふたたびまた秋が」「この橋を渡れと相撲取りがいふ」「芒原シャツと思想を交換す」。これらも一九四五年生まれの泰輔さんの作。句集の題名そのままに言葉に不思議な肉の感触があるようだ。

むかし

本ばかり読んでゐる子の夏畢《おわ》る

安住敦

この句のような子どももいるだろうなあ。私はこの夏、宮本輝さんの『長流の畔《ほとり》』（新潮社）を読んだ。父をモデルにした長編小説の第八部に当たる。主人公・熊吾の息子は高校三年だが、父に借金の返済を迫る男におびえ、押し入れに籠もって、露店の古本屋で買った十冊百円の文庫本を読んでいる。これ、輝さんの実体験らしい。

秋

いま

妻の座にどかりと座り新生姜

杏中清園《あんなかせいえん》

取ったばかりの新生姜が一番うまいのは秋口だろう。そのさわやかな辛みが秋を感じさせる。ちなみに、「さわやか」という季節感も季語では秋である。

この句、「どかり」に妻の存在感がある。新生姜は淡いピンク色を帯びており、その生姜を五十日くらい寝かしておくと、普通の生姜、すなわち根生姜になるという。

むかし

秋たつやはじかみ漬もすみきつて

小西来山

「はじかみ」は生姜。酢につけた生姜が澄んで見える。いかにも秋、清新な辛みをかんじるなあ、という句。「秋たつ」は立秋だが、少し広く解釈して、「秋になって」というくらいの意味で読みたい。

来山は芭蕉とほぼ同時代に大阪で活躍した俳人。「行水も日まぜになりぬ虫の声」にも日々に秋らしくなってゆく当時の実感がある。

いま

天の川仰向けになる赤毛のアン

三好万美《まみ》

この句、赤毛のアンのような子が天の川を見上げている光景。ベランダ、公園の芝生などに寝ころがって星空を見上げるのが大好き。私は縮れ毛のジージだが。今夜は月がなく、星空がきれい。

「天の川」とか「七夕」は秋の季語だが、七月、七夕祭りをするところが多い。私の家の近所の商店街も七月七日に備えてササを飾っている。

むかし

七夕や髪ぬれしまま人に逢ふ

橋本多佳子

この句は一九四六年の作。まだドライヤーがなかったのだろう。ところで、幼稚園や商店街などでは、七夕祭りを七月七日にするところが多い。本来の七夕は旧暦の七月七日だが、月遅れの八月七日にするところもある。今や七夕は夏から秋にかけての行事。季語の「七夕」も夏と秋に共用してもよいのでは。

いま

てにをはを省き物言ふ残暑かな

戸恒東人《はるひと》

この句の気分、分かるなあ。あまりの残暑でていねいな言い方がおっくうになっているのだ。

八月七日が立秋だった。以来、暦の上では残暑だった。しかも例年にない暑さだった。そう言えば、私はかつて「小錦のだぶだぶと行く残暑かな」と詠んだ。今年は十人、いや百人くらいの小錦関がだぶだぶしている感じ。

むかし

見苦しや残る暑さの久しきは

高浜虚子

季節に向かって文句をつけている句。虚子は俳句を「花鳥諷詠《ふうえい》」と規定し、季節のめぐりのもとにある現象を詠むのが俳句だとした。それだけに、彼には季節に文句を言う権利があるのかも。

この句のどこに詩があるのか、と思う人がいるかも。季節に文句をつけるその非常識というか、日常をこえた大胆な行為が詩だ。

いま

八月や六日九日十五日

作者多数

小島健は雑誌「俳壇」のエッセー「人生に効く、俳句」でこの句を作者多数の作として話題にしている。いろんな人が同じ句を詠んでいるから。健は言う。「この句を私は類句概念を超えた国民全員の俳句として共有したい」。言うまでもなく六日は広島に、九日は長崎に原爆の投下された日。十五日は終戦（敗戦）の日だ。

むかし

風鈴も鳴らず八月十五日

桂米朝

『桂米朝句集』（岩波書店）から引いた。高見順の『敗戦日記』（文春文庫）には次のように書かれている。「夏の太陽がカッカと燃えている。眼に痛い光線。烈日の下に敗戦を知らされた。蟬がしきりと鳴いている。音はそれだけだ。静かだ」。以上は、一九四五年八月十五日正午過ぎ、戦争終結を告げるラジオ放送を聞いた直後のようす。

いま

いやなのよあなたのその枝豆なとこ　工藤恵

「枝豆なとこ」は枝豆的なところ。枝豆をつまみにビールを飲んでいたら、妻が突然に「いやなのよあなたのその枝豆なとこ」と言った。さて、どうする？「枝豆がいつかはローストビーフへと」と俳句で返すか。でも、「いつまでも夢ばかり食べ枝豆君」とやゆされそう。作者は一九七四年生まれ、私の若い俳句仲間だ。

むかし

枝豆に藍色の猪口《ちょこ》好みけり　長谷川かな女

この句、日本酒を飲んでいる光景だが、昨日の句と比べると、枝豆がとても立派に見える。「枝豆」は秋の季語になっているが、最近はビールなどの手軽なつまみとして人気が高く、夏に大活躍している。いや、枝豆は夏に欠かせない。西瓜《すいか》、花火、朝顔などもそうだが、夏と秋の二季にわたる季語とみなしたい。

いま

爽やかや生まれたる子に会ひに行く　小島健

「爽やか」は秋の代表的な季語。空気、景色、肌の感じなどのさっぱりして快いことを言う。自作を注解した『小島健集』（俳人協会）によると、生まれた子の名前は爽だという。作者は最初の句集名も『爽』にした。「裸子《はだかご》の尻の青あざまてまてまて」「どんぐりが両手にあふれ父である」も健さん。喜びがあふれている。爽やかな喜び！

むかし

爽やかにあれば耳さへ明らかに　高浜虚子

爽やかな日には耳もよく聞こえるという句。「耳さへ」という言い方に笑ってしまうが、この気持ち、よく分かるなあ。私は数年前からやや難聴、若い女性の高い声などが聞きがたい。虚子の句は一九四三年、六十九歳の作だが、彼も難聴気味だったのか。ともあれ、空気が澄んで空の高い爽やかな日には、私もまた物音がよく聞こえる気がする。

いま

女子会が好きで鳳仙花が好きで　和田華凜《かりん》

鳳仙花は確かに女子会的かも。熟れた実に触れるとぱっと散るあの気ままさというか自由さなど。作者は一九六八年生まれ、神戸市に住む。句集『初日記』（本阿弥書店）を出した。「日焼するとは白色の似合ふこと」「冷酒好きちよつと冷い人も好き」も華凜さんの作。好きの基準が明確だが、それがまさにこの句の女子会派であろう。

むかし

つまくれなゐ幾とせ零《こぼ》れ咲きにけり　松村蒼石

女の子たちが赤い花びらをもんでその汁で爪を染めた。それで鳳仙花は爪紅、つまくれないと呼ばれる。韓国に住む俳人、山口禮子《れいこ》の句集『半島』を見ていたら、「韓国には秋に（鳳仙花で）染めた爪がその年の初雪の降る時まで爪先に残っていれば初恋の人に会えるというロマンチックな言い伝えがある」とあった。すてき！

いま

蝗《いなご》採るまにまに雲に手を入れつ

中原道夫

小学生のころ、学校が稲田の中にあり、休み時間には仲間としばしば蝗を捕った。蝗はフライパンで煎って食べた。少ししょうゆを垂らすと香ばしい匂いが立った。

道夫は新潟県の稲作地帯の出身。この句は少年時代の蝗捕りの回想か。飛ぶ蝗を捕るとき、時に雲に手を入れたというそのしぐさが生き生きとして楽しそう。

むかし

我袖《わがそで》に来てはね返る螽《いなご》かな

正岡子規

螽は蝗と同じ。日清戦争の最中の一八九四年の秋、子規は時代から取り残された気分になっていた。新聞記者として従軍したかったが病気のためにできなかった。それで、東京の郊外にしばしば出て、草むらに座ったり寝転んだりした。蝗がしきりに飛びついた。子規は蝗を友にして憂さを晴らした。掲出句、その友の蝗を詠んでいる。

いま

あきがきたぼくのあだなはさつまいも　和田隼人

作者は兵庫県伊丹市の小学生。『伊丹一句（19）の日入賞句集』（柿衛《かきもり》文庫）から引いた。以下はこの句に添えた私の講評である。「さつまいもというあだ名を喜んでいる感じがいいなあ。私もさつまいもが大好き、焼きいもにして牛乳をかけて食べる」。焼きいもをつぶして牛乳をかけ、ほんの少し塩を振る。これ、私の秋の特製。

むかし

兄弟の多かりし世のさつまいも　保坂加津夫

サツマイモを食べながら昔を回想している句。今のサツマイモはまるでスイーツだが、兄弟の多かった昔は一種の主食、しかも今のように甘くはなかった、と。私は愛媛県の佐田岬半島生まれだが、火山灰の混じる土壌のこの半島はサツマイモ栽培に適しており、子どものころ、半島全体がサツマイモ畑だった。私はサツマイモで育った。

いま

こう見えて秋茄子実は肉体派

植田かつじ

秋茄子は嫁に食わすな、とかつて言ったらしい。こんなうまいものを嫁にはやらない、という姑の嫁いじめの典型とされたことわざだ。その秋茄子、むちっとしまっているので、確かに肉体派かもしれない。かつじは私の俳句仲間、京都府に住むが、自身もなかなかの肉体派、そして大の日本酒党である。もちろん、秋茄子好き。

むかし

秋茄子の漬け色不倫めけるかな

岸田稚魚

「不倫めける」が意味深だ。どきっとするほどに鮮やかな色か。まじめな人だと眉をひそめるかもしれない。でも、うまいものはたいていいがきわどい。フグ、ウニ、タコ、そしてこの不倫色の秋茄子……。では、高野公彦さんの歌集『無縫の海』から一首を引く。「曲がり茄子曲がり胡瓜を愛《は》しと言ひ、言ひつつ買はぬ平成日本人」

いま

天高し金さん銀さんダットサン

岡清秀《きよひで》

季語「天高し」は「秋高し」とも言い、空気が澄んで高く晴れわたった秋空を言う。この句、その高い空のもとに金さん銀さんダットサンがいる風景。きんさん、ぎんさんは昭和の長生きした女性の象徴的存在。ダットサンはやはり昭和の代表的な小型乗用車。一九三三年から日産が量産化した。ダットサンのダットは脱兎《だっと》の意味だった。

むかし

すぐ腹のへる年寄りや天高し

小沢変哲

「天高く馬肥ゆる秋」という。秋には馬も食欲が旺盛になって肥えるというのだが、変哲の句、人間の年寄りはすぐに腹が減るよ、と言っている。老人も肥えるということか。あるいは、食べたことをすぐに忘れているのか。

変哲は俳優、小沢昭一の俳号。彼の俳句集『俳句で綴る　変哲半生記』（岩波書店）から引いた。

いま

コスモスの揺れより夏目雅子かな

片山嘉子

コスモスが風に揺れていた。それを見ていたら、その揺れるコスモスの中から夏目雅子が現れた、という句。コスモスが彼女のように見えたのだ。夏目雅子は一九八五年に二十七歳で早世した女優。

「華麗で繊細、薄情でちょっぴり気の強い」。これは俳人・飯田龍太のコスモス評（『日本大歳時記』（講談社））。夏目雅子にも当てはまる？

むかし

コスモスの押し寄せてゐる厨口《くりやぐち》

清崎敏郎《としお》

「厨口」は台所の出入り口。そのあたりにコスモスが咲き群れている光景だ。コスモスの強い繁殖力を「押し寄せて」と表現した。

飯田龍太のコスモス評を話題にしたが、彼は、コスモスの和名は「秋桜」だが、「ダリヤ、チューリップなどと同じように、コスモスはコスモスがいい」（『日本大歳時記』）とも言う。賛成だ。

いま

笑はない家族九月の砂の上

今井聖《せい》

九月の砂には残暑があるのではないか。その熱い砂の上で、この句の家族は何をしているのだろうか。もしかしたら、季節外れの海水浴に来ていて、家族にもめ事が起こっているのだろうか。句集『九月の明るい坂』（朔出版）から引いた。この作者、シナリオライターでもあるが、この句、『九月の砂の上』という映画の一場面みたい。

むかし

九月の地蹠《あうら》ぴつたり生きて立つ

橋本多佳子

「蹠」はセキと読み、足の裏を意味する。そのアシノウラをアウラとつづめて読むのは俳句的語法なのかもしれない。足の裏を意味するアウラは『広辞苑』などの国語辞典にはない。だが、俳句ではよく使われている。たとえば「赤ん坊の蹠」などと。この句、九月の大地に裸足で立って、生きている実感をアウラに感じとっている。

いま

青みたる二百十日の歯磨き粉

浦川聡子

「二百十日」は昔から風の厄日として恐れられてきた。宮沢賢治は『風の又三郎』で「どっどど　どどうど　どどうど　どどう」と二百十日の風を吹かせた。

「春風にこぼれて赤し歯磨粉」は正岡子規の句。この句から連想し、二百十日の風だと青が合うな、と作者は思ったか。句集『眠れる木』（深夜叢書社）から引いた。

むかし

二百十日過ぎぬ五千石やあーい

松崎鉄之介

この句、「もがり笛風の又三郎やあーい」をもじっている。作者は上田五千石、一九九七年九月二日に他界した俳人。「もがり笛」は冬の風だが、それを忌日のころの風に変え、「五千石やあーい」とあの世の友に呼びかけた。

宮沢賢治の『風の又三郎』では九月二日の風は小さなつむじ風になって「屋根より高く」のぼった。

いま

鳴く虫も鳴かざる虫も草の色

山下美典《みのり》

句集『鶴彦』（本阿弥書店）から。作者は一九二八生まれ。大阪府八尾市で俳句雑誌「河内野」を主宰する。この句、「草の色」がいいなあ。虫たちがどれも草の仲間という感じがする。ちなみに、数年前から虫の声がほとんどしない。私の難聴が進んだせいだ。コオロギやスズムシ、そして大学生くらいの若い女性の声がもっとも遠い。

むかし

虫の夜の洋酒が青く減つてゐる

伊丹三樹彦

この作者、私の二十歳前後のころの俳句の先生だった。この洋酒の句は先生の代表作。「青く減つてゐる」洋酒がロマンチックな思いをそそる。私は難聴で虫の声が聞こえない、と書いたが、他界した父も弟も難聴だったので、私は難聴家族（?）の一員だと思い込んでいる。さらに加齢が進むと、私は音のない世界の住人になるのだろうか。

いま

草の花大人も小さくなればいい

小西昭夫

野や山、道端などではいろんな草の花が咲いている。それぞれの花に名前はあるが、季語ではその野山の花を「草の花」と総称する。この句、草の花の中にいるときの気分だろう。「そこだけは日が差している草の花」も昭夫さんの句。「がんばるわなんて言うなよ草の花」は私の作。草の花へ寄り道してボーッとしているのが好き。

むかし

本名は頓《とん》とわからず草の花

夏目漱石

季語「草の花」は秋に咲く野草の花。その花の本名は私も知らないものが多い。だが、知らないままに草花を愛する気分、それがこの季語にはふさわしいだろう。「百草《ももくさ》の花の紐とく秋の野に思ひたはれむ人なとがめそ」(『古今和歌集』)は草の花の中で女性とたわむれるイメージの歌。「人なとがめそ」は、人よ、とがめないで。

いま

毎年よ糸瓜《へちま》が下がる父の家

平きみえ

第百四回法隆寺子規忌『献句録』から。法隆寺では地元の俳句グループの呼びかけで、毎年、子規忌を営んできた。九月十九日が子規忌だが、今年はコロナの影響で、恒例の法隆寺境内での句会は取りやめになり、法要と献句のみが行われる。この句、子規の「毎年よ彼岸の入りに寒いのは」を踏まえた作。

むかし

一大事も糸瓜も糞もあらばこそ

夏目漱石

『広辞苑』は「あらばこそ」を否定の意味の「あるものか」として説明している。つまり、この句は「一大事も糸瓜も糞もあるものか。つべこべ言わずに、即座にやれよ」というような句であろう。フーテンの寅さんのたんかみたい。江戸っ子だった漱石は、普段の暮らしの中で、このようなたんか的な言い回しを楽しんでいた気がする。

いま

おーい雲一生いっしょ牛膝《いのこずち》

陽山《ひやま》道子

牛膝は道端によく生えており、その実は衣類などにすぐ付く。藪虱《やぶじらみ》（草虱とも言う）、盗人萩、センダングサなども同様だ。この句、牛膝の実を裾に付けた二人が秋空の雲を見上げて歩いている。

「おうい雲よ　いういうと　馬鹿にのんきさうぢやないか　どこまでゆくんだ　ずつと磐城平の方までゆくんか」は山村暮鳥の詩。

むかし

ゐのこづち友どち妻を肥《ふと》らしめ

石田波郷

「友どち」は友だち。友だちはだれも妻をふくよかに太らせている、というのだが、牛膝を裾に付けて友だちどうしが野遊びをしているのだろうか。幸せそうな仲間の光景だが、私はこの句から石川啄木の歌を連想した。「友がみなわれよりえらく見ゆる日よ花を買ひ来て妻としたしむ」。啄木のような思いになる日が私などにもある。

いま

いわし雲一人でいたい時もある

笹山心路

俳句のもっとも簡単な作り方の一つは、季語と作者の思いを結びつけること。「鰯《いわし》雲人に告ぐべきことならず」（加藤楸邨）もその作り方だが、さて、これを読んでいるあなたは、どっちのいわし雲の句が好き？　この句は『第13回佛教大学小学生俳句大賞入賞作品集』から。作者は作句当時、三重県伊賀市の小学校五年生だった。

むかし

天網といふには密にいわし雲

上田五千石

天網は「天網恢恢《かいかい》疎にしてもらさず」（『老子』）にちなむ語。天が張りめぐらした網は目が粗いけれども、悪事を見逃さない、という意味である。この句、いわし雲を天網に見立て、密になっていて粗くない、それではいけないなあ、と思っている。一九六八年に出た句集『田園』にあるこの句は、「3密」を避ける思いを先取りした感じ。

いま

かたはらに夫の沈黙星月夜

佐藤ゆき子

季語「星月夜」は星が月夜のように明るい夜。月は出ていない。その星月夜の星の光のなかに夫婦がいる、ふたりとも黙って。

日本語で育った人は、愛が深くなると沈黙する。あるいは、しゃべらなくてもよくなる。それが日本語が愛に及ぼす顕著な傾向。だから、この句の夫婦は深い愛にひたっている。すてきな夫婦だ。

むかし

われの星燃えてをるなり星月夜

高浜虚子

虚子の先輩の正岡子規は、「真砂なす数なき星の其の中に吾に向ひて光る星あり」と詠んだ。虚子はこの先輩の歌を意識しながら、「先輩、自分の星も燃えていますよ」と、この句を詠んだのであろう。

「爛々《らんらん》と昼の星見え菌《きのこ》生え」も虚子。「われの星」は五十代の作だが、こちらは七十代の句。虚子はホラー的空間に遊んでいる？

いま

桜紅葉が自転車の籠の中

池田瑠那

この句の単純さ、いいなあ。籠に一枚の桜紅葉を乗せて走ると、とてもぜいたくをしているような気分になったのだろう。句集『金輪際』（ふらんす堂）から引いた。作者は一九七六年生まれ。一枚の紅葉を楽しむ心、それを俳句の心だと言ってもよい。私の机上には俳句仲間がくれた団栗が二個転がっている。和歌山県田辺市の石ころも。

むかし

恋ともちがふ紅葉の岸をともにして

飯島晴子

いいなあ、この風景！「紅葉の岸をともにして」二人は今、とても満ち足りている。この二人、若くてもいいが、老年の二人という気がする。老年には恋とは違う恋情があるのではないか。私はそれを淡交《たんこう》と呼んだりしているが、まだうまい言い方が見つからない。『飯島晴子全句集』（富士見書房）から引いたが、作者は二〇〇〇年に他界した。

いま

まへがきもあとがきもなし曼珠沙華　黛まどか

曼珠沙華は不意に満開になり、あっけなく消えてしまう。その咲きぶりが「まへがきもあとがきもなし」。俳句歳時記で曼珠沙華を見ると、「彼岸花」「死人花」「幽霊花」「捨て子花」などの不吉な異称が並んでいる。曼珠沙華は墓地に咲く花だった。近年、各地に曼珠沙華の群れ咲く名所ができ、不吉なイメージは一新された感じ。

むかし

空澄めば飛んで来て咲くよ曼珠沙華　及川貞

曼珠沙華はどれもが同じ遺伝子を持つクローン植物。田中修さんの『雑草のはなし』（中公新書）によると、クローンだから日本中の曼珠沙華は同じ性質であり、同じ地域だと花の咲く時期、花の大きさや色も同じなのだという。すべて同じというその不思議さ、あるいは意外感、それをこの句は「飛んで来て咲くよ」と表現した。

いま

どぶろくや祖霊に中也山頭火

村上喜代子

どぶろく（濁り酒）を飲みながら、中原中也や種田山頭火を思っている。句集『軌道』（KADOKAWA）から引いたが、作者は一九四三年に山口県下関市に生まれた。中也も山頭火も山口県人だから、作者にとっては祖霊みたいなもの、いや、実際に縁があるのかもしれない。どぶろくは秋の季語。

むかし

味噌可なり菜漬け妙なり濁り酒

坂本四方太《しほうだ》

濁り酒のさかなにはみそがよい、菜の漬物があればいっそうよい、という句。濁り酒は新米で醸すものだった。それで秋の季語になっている。酒税法上、濁り酒を勝手に造ることはできないが、全国各地に「どぶろく特区」があり、どぶろくは地域振興や観光の目玉になっている。作者は一八七三年鳥取県生まれ。

いま

真っ直ぐな道が好きで秋でひとりで　鳴戸奈菜

「真っ直ぐな道が好きだよ秋ひとり」とでもするとちゃんと五七五になるが、それをわざと破調にした句。「好きで秋でひとりで」にはやや自堕落な、あるいは放埒《ほうらつ》な気分があるだろう。句集『文様』（KADOKAWA）から引いたが、「秋の道わたしの影が離れ行く」も奈菜さん。こちらは五七五のリズムが快い。自分の影を相手に楽しんでいる。

むかし

まっすぐな道でさみしい　種田山頭火

「四里の道は長かった」は田山花袋の小説『田舎教師』の冒頭文。四里の道を小説の主人公は新しい勤め先へ向かう。彼は中学時代の五年間、毎日三里を往復して通学したのだった。一里は約三・九キロ。「田舎教師」は明治の話だが、山頭火は昭和の前半に歩いて旅した。言うまでもないが、自動車の普及で歩く時代が終わった。

いま

台風来る神様がお腹すくころ

鎌倉佐弓

神様が空腹のころに台風がやってくる、という発想が楽しい。台風は神様の食べ物なのか。台風は被害をもたらすので、楽しいなどと言うのはやや不謹慎だが、季語としての台風は一方的な嫌われ者ではない。凶暴な台風をも受け入れ、大自然と共存したい、という願いが季語「台風」の本意。『鎌倉佐弓全句集』（沖積舎）から引いた。

むかし

台風が毛虫を家に投げ込みぬ

相生垣瓜人

右でも書いたが、凶暴な台風を受け入れ、大自然と共存したいという願い、それが季語「台風」の本意である。「残暑」「稲妻」なども嫌うのではなく、それとの共存を楽しむのが季語の本意である。瓜人の句、まさに台風を楽しんでいる。毛虫をまるでプレゼントのように投げ込んで台風は去った。こんな台風ならいいのだが。

いま

ボクシングジム越しに見え稲光

阪西敦子

『天の川銀河発電所』(左右社)から。作者は一九七七年生まれ、祖母の勧めで七歳から俳句を作るようになったという。『日本国語大辞典』(小学館)によると、「稲光」は「稲妻」と同じ現象であり、稲光も稲妻も平安時代から登場した語。ただし、稲光は散文、稲妻はもっぱら和歌で用いられた。この句、まるで稲光が強烈なパンチのよう。

むかし

いなびかり北よりすれば北を見る

橋本多佳子

古典語としては「稲光」は散文で、「稲妻」はもっぱら和歌で用いられていた。俳諧でも稲妻が使われていた。この句、散文の用語を俳句に取り込み、しかも見事な傑作にした。「北よりすれば北を見る」という表現には、稲光という現象を直視する姿勢がある。稲光をおそれず、快感や興奮を覚えている感じだ。

いま

秋日和象はしわしわそしてべちゃ

南村健治

季語「秋日和」は秋の上天気。空は高く空気は澄んでいる。それだけに、動物園の象のしわしわの肌が目立つ。「べちゃ」とまで言ったら象がかわいそう？　そういえば、まど・みちおに「ゾウ2」という詩がある。「すばらしい　ことが／あるもんだ／ゾウが／ゾウだったとは／ノミでは　なかったとは」。うん、すばらしい！

むかし

一歩出てわが影を得し秋日和

日野草城

秋のいい天気の日、戸外へ一歩踏み出したら、大地に自分の影がくっきりとできた。それに感動している句。影ができるというささやかなことも、時には人が自らの存在を実感する重大事である。

作者は晩年、肺結核のために病臥を強いられた。「柿を食ひ終るまでわれ幸福に」と詠んでいるが、小事が大事な日々を生きた。

いま

小鳥来るマクドナルドの朝早き

小川軽舟

「小鳥来る」は気持ちのよい季語。秋の楽しさを具体的に伝える。句集『朝晩』（ふらんす堂）にあるこの句、早朝のマクドナルドに小鳥が来ている。もちろん、客も次々に。わが家の近所のマクドナルドは二十四時間営業である。で、時々、散歩の途中に寄って朝食をとる。その場合、私と妻が小鳥、つまり、小鳥になった気分で寄る。

むかし

ありがたき空気や水や小鳥くる

三橋敏雄

『定本三橋敏雄全句集』（鬣《たてがみ》の会）から。七十三歳の作。空気や水は当たりまえに存在するので、ついついありがたさを忘れがちだが、その当たりまえな日常へ小鳥はやってくる。だから、ありがたいんだよ、と言っている感じ。空気や水が汚れたり無くなったりしたら、小鳥は来なくなり、季語「小鳥来る」も死語になるだろう。

いま

友だちはおいもとぶどうといくらちゃん　三船佑介

『伊丹一句（19）の日入賞句集』（柿衞文庫）から。作者は兵庫県伊丹市の小学生。イモ、ブドウ、イクラが大好きなのかも。あるいは、イモ、ブドウ、イクラは友だちのニックネーム？　いずれにしても楽しい。俳諧・俳句の資料館・柿衞文庫では、毎月の十九日を「伊丹一句（19）の日」とし、気軽に句を詠もう、と呼びかけている。

むかし

黒葡萄こころ痺《しび》るるほど食べて　鍵和田秞子《ゆうこ》

心がしびれるほどに食べるとはどれくらいの量なのか。二房、あるいは、もっと多く？　以上のようなことを俳句仲間に問うたら、数粒でもしびれるよ、目の前の相手によって、と応じた。「葡萄食ふ一語一語の如くにて」は鍵和田さんの師事した中村草田男の作。草田男の前で鍵和田さんは数粒でしびれたかも。彼女は二〇二〇年六月に他界した。

いま

海流を生み出すやうに鰯群れ

鈴木淑子

この句、句集『震へるやうに』（ふらんす堂）にある。作者は一九八〇年生まれの若い俳人。東京都に住む。

私が育った四国の佐田岬半島では鰯がよく取れた。その鰯、方言では「ほうたれ」と呼んだが、これはほおが垂れるくらいにうまいという意味。私は取れたての鰯の刺し身をことに好んだが、それはまさに「ほうたれ」の味だった。

むかし

手を振ておよいでゆくやいわしうり

良寛

鰯売りが泳いで行く、という見方が面白い。鰯は鮮度が勝負だから、鰯売りはしきりに手を振って先を急いでいるのだろう。

宮本春樹の『イワシからのことづて』（創風社出版）に、「山しげらず候えば、いわし寄り申さず」という九州・佐伯藩のお触れが出ている。鰯だけでなく、いろんな魚が山（林）と共存している。

いま

露草へゆっくり帰るつもりだよ

渡部ひとみ

こういう発想、いいなあ。私は「行きさきはあの道端のねこじゃらし」「炎天を来てかたばみの花へまず」「白バラの白からやってきたか、君」「帰るのはそこ晩秋の大きな木」などの句を作っている。その私にとって愛媛県松前町に住む渡部さんはいわば同族、親しい俳句仲間だ。この句、近刊（二〇二〇年）の句集『水飲み場』（創風社出版）から。

むかし

月草や澄みきる空を花の色

大島蓼太《りょうた》

月草は『万葉集』や『源氏物語』などに出ているいわゆる露草の古名。江戸時代の俳人、蓼太のこの句は、その露草の花の色は澄み切った空の色だ、と断定している。この断定に賛成だ。このところ、夜明けに散歩をするが、露草を探し、露草をたどる具合に歩いている。道端の草花は露草をはじめとしてもうすっかり秋である。

いま

月あかりして嚙みあとのある玩具

大木あまり

子どもの寝静まった部屋に月がさしている光景。生物である子どもの生々しさが嚙みあとから感じられる。句集『遊星』（ふらんす堂）から引いたが、この句集には「ハーレー・ダビッドソン月光が青い」もある。こちらもオートバイが生き物みたい。秋のこの時期、月光がさえざえとしている。「佐田岬半島に寝て月まみれ」は私の作。

むかし

われをつれて我影る月夜かな

山口素堂

月明かりの道を帰っているようす。影を先立てて帰ってゆくようすが私にはなんともなつかしい。少年時代の夜道が鮮明によみがえる。街灯などのほとんどない道が、月光に白く浮き上がり、私の長い影が揺れた。その自分の影を追っかけるように歩いたものだ。素堂は芭蕉と同時代の俳人。

いま

伏せてある甕に口あり蚯蚓《みみず》鳴く

富田敏子

秋の季語「蚯蚓鳴く」は、春の「亀鳴く」とともに俳句的発想の特色をよく示す。つまり、蚯蚓も亀も鳴かないが、それを平然として鳴くと見、そして楽しむ。それが俳句的発想である。

この句、伏せてある甕が、その大きな口で、蚯蚓に合わせてひそかに鳴いている。甕まで鳴かせて、作者は俳句的発想を楽しんだ。

むかし

蚯蚓鳴けば蓑虫もなく夕べかな

正岡子規

何の虫か分からないが、どこからかジーとなく虫の声が聞こえることがある。それを季語では「蚯蚓鳴く」と表現する。実際は、螻蛄《けら》が鳴くのだというが、でも、俳句の世界では秋に蚯蚓が鳴く。

蓑虫は俳句以前から鳴いてきた。『枕草子』では蓑虫は鬼の捨て子であり、秋風が吹くと父を慕って「ちちよ、ちちよ」と鳴くという。

いま

かまきりはいのち短しかほ小さし

岡野泰輔

なんだかおかしい。「いのち短し」という後に何か立派な言葉でも来るかと思っていると、顔が小さいという現実的な表現が来たから。しかも「短し」と「小さし」の対句的な表現が楽しい。まるでカマキリをからかっている感じ。

俳句ではカマキリを蟷螂と書いてトウロウと発音することが多い。イボムシリという異称もある。

むかし

雌が雄食ふかまきりの影と形

西東三鬼

カマキリは交尾後、雌が雄を食べる。そのことを踏まえ、カマキリの雌雄は「影と形」みたいなものだ、と三鬼は見た。でも、三鬼は「雄を食ひ終へしかまきり踏みつぶす」とも作っている。「影と形」を肯定できなかったか。

「かまきりと結ぶ友情星月夜」は私の句。友情の相手は雌雄いずれでもよい、と私は思っている。

いま

ギンヤンマいい質問がつぎつぎ来る　宮崎斗士

たとえば夏休み明けの教室。質問が次々と出て教室が弾んでいる。そのとき、窓からギンヤンマが入ってきて教室がどよめく。こんな場面が小学生時代にあった気がする。その小学生時代、夢中になって追っかけたのがギンヤンマ。捕らえると鼻高々だった。この句、句集『そんな青』（六花書林）から。作者は一九六二年東京生まれ。

むかし

蜻蛉行くうしろ姿の大きさよ　中村草田男

句集『長子』（一九三六年）のこの句のトンボはヤンマだろう。それもギンヤンマ。ヤンマにも種類がいろいろとあり、昼間、水面などを飛んでいるのはギンヤンマである。ギンヤンマは昼間の明るい時間に活動する。だが、ヤンマの多くは早朝や夕方のうす暗い水面を飛ぶという。ヤンマは薄明派、ギンヤンマはどうも例外らしい。

いま

風に風乗りて喜ぶ薄原《すすきはら》

赤坂恒子

喜んでいるのは風。風にすすきがそよいでいるのだが、そのようすを「風に風乗り」と表現した。風がすすきの葉をすべり台やシーソーにして遊んでいる感じ。作者は徳島県鳴門市に住む私の俳句仲間。句集『トロンプ・ルイユ』（ふらんす堂）から引いた。「ゆれやまぬ日もあることよねこじやらし」も恒子さん。

むかし

をりとりてはらりとおもきすすきかな

飯田蛇笏

「はらりとおもき」がこの句の見どころ。「はらり」は普通は軽いことに言う。それを全く逆の「おもき」に結びつけた大胆さ！　俳句の表現はこのような大胆さによって読者をあっと驚かせる。平仮名で書いているのはすすきの感じを出すため。この書き方も大胆だ。わが家で斑入りすすきが育っている。根から南蛮煙管が出るはず。

いま

まるきものに乳房心根露の玉

鳥居真里子

十月八日は二十四節気の寒露。露をひんやりと感じる時候だ。この句の「心根」は心の奥底とか本性。丸いものを並べているのだが、いずれも敏感というか、壊れやすいものという気がする。真里子の挙げた三つ、もしかしたら取扱注意なのかも。「あかつきのこころ絞れば露の玉」も句集『鼬《いたち》の姉妹』（本阿弥書店）にある真里子さんの作。

むかし

金剛の露ひとつぶや石の上

川端茅舎

金剛は金剛石、すなわちダイヤモンド。もっとも硬いといわれるダイヤモンド、それをもっともはかないものの象徴のような露の形容にした大胆さ！　一粒の露がまさに金剛石に転じている。一九三四年十月刊の『川端茅舎句集』にある。「白露をはじきとばせる小指かな」「露の玉蟻たぢたぢとなりにけり」もその句集にある露の句。

いま

水澄むやピアスの穴を開けに行く

中居由美

『広辞苑』は季語「水澄む」について、「秋が深まり、大気ばかりでなく、水も清らかに透きとおってきたという感じをいう語」と説明している。このところ、空気や水が澄んで、日々に秋らしくなってきた。ところで、水澄む候にピアスの穴を開けに行くのは一種の変身願望？　七十代の私も一度はピアスをしたい気がする。しようか。

むかし

これ以上澄みなば水の傷つかむ

上田五千石

これ以上に澄んだならば、水はきっと傷つくだろう、という句。あまりにもきれいになったら、水が傷ついて壊れてしまいそうな気がするのだ。その繊細というか、美に対する感受性がいいなあ。「水澄みに澄む源流のさびしさは」も五千石。作者は一九九七年に六十三歳で他界した。『上田五千石全句集』（富士見書房）は私の座右の書のひとつ。

いま

ゐどころを探してきのこ日和かな

川越歌澄

季語「きのこ日和」はキノコ狩りに行きたいような秋の上天気を言う。同じような季語に菊日和、柿日和などがある。この句の居所はキノコのある場所だろうが、人であってもよい。私としては人を探す句として読みたい。人がキノコみたいに見えておもしろいから。句集『キリンは森へ』（俳句アトラス）から引いた。作者は東京都墨田区に住む。

むかし

さし上げて獲《えもの》見せけり菌狩《きのこがり》

黒柳召波《しょうは》

菌狩はキノコ狩り。「山に行って茸を探してとること」（『広辞苑』）だが、桜狩り、潮干狩り、紅葉狩り、タカ狩りなどとも言い、野、山、川、海などで遊ぶという気分が「狩」の字にある。召波は蕪村の盟友ともいうべき江戸時代の俳人。彼が亡くなったとき、「我《わが》俳諧西せり。我俳諧西せり」と蕪村は言った。私たちの俳句が死んだ、と嘆いたのだ。

いま

椎茸を焼いて醬油の歓喜かな

矢田鏃《やじり》

「醬油の歓喜」とは焼いている椎茸に醬油を一滴たらした光景だろう。醬油が椎茸と一体化してかんばしい匂いを放つのだ。句集『石鏃抄《せきぞくしょう》』（霧工房）から引いた。作者は椎茸の産地の大分県生まれ。実は、私は大分の対岸の愛媛県佐田岬半島の産だが、子どものころから椎茸が大好きである。母の呪文にかかったのだが、その話は次に。

むかし

椎茸のぐいと曲れる太き茎

林徹《てつ》

なんともうまそうな大きい椎茸だ。「ぐいと曲れる」という表現に思わず唾がわく。子どものころ、椎茸を食べると母がうれしそうな顔をした。それで、ついつい進んで食べているうちにすっかり椎茸好きになった。椎茸を食べると頭がよくなるが母の口癖だった。私は今でも椎茸を食べると頭がすうとして、たちまち気分もさえる。

いま

柿食べてウルトラマンの母になる

鈴木みのり

「柿を食べるとね、ウルトラマンの母になれるよ」「強くなる?」「うん、たとえば二個くらい食べたら、元気もりもりというか、ウルトラマンの母親気分になるのよ」「そう、じゃ、柿食べようっと」。

この句からは以上のような若い母親たちの会話が聞こえる感じ。柿はＫＡＫＩとして世界に通用する日本の代表的な果物だ。

むかし

柿くへば鐘が鳴るなり法隆寺

正岡子規

某所の果物屋の店頭。柿の入った段ボールにフェルトペンで句が書いてあった。「柿くへば金がなくなる法隆寺」。思わずひと盛りの柿を買った。確かに金はなくなったが、豊かで愉快な気分であった。

子規は随筆「くだもの」に、「柿は非常に甘いのと、汁はないけれど林檎のようには乾いて居《お》らぬので、厭《あ》かずに食える」と書いた。

いま

ソバプンをツルプンすればもうプンプン　静誠司

小説家の遠藤周作は、学生時代、週に一度も入浴しないことを自慢にしたが、そばに寄るとプンと臭うので「ソバプン」と呼ばれたらしい。この句、そのソバプンをソバ（蕎麦）の匂いに転じて遊んでいるのか。句集『優しい詩』（ふらんす堂）から引いた。作者は静岡市の高校教師。ねんてんさん、ソバプンしましょ、と誘われている。

むかし

新蕎麦を待ちて湯滝にうたれをり　水原秋桜子

ソバができるのを温泉に入って待つのだろう。新ソバがうまそう。かつて長野県松本市の郊外でソバを食べた。小一時間待たされ、その待っている間に仲間と裏山を散策した。不平を言いながら散策したが、待っただけのことはあって、ソバは確かにうまかった。「ソバプンをツルプンすればもうプンプン」状態になった。

いま

秋刀魚焼く五時間ほどのおふくろさん　つじあきこ

あきこさんは私の俳句仲間、京都市に住む。この句、「五時間ほどのおふくろさん」がいいなあ。今晩はサンマにしようと決めてから、サンマを買いサンマを焼く、その約五時間、おふくろさんになるのだ。実際の作者は現代的でスマートな人だが。ともあれ、やや古風なおふくろのイメージを引き寄せる季節の風物、それがサンマかも。

むかし

秋刀魚焼くうたがひもなき妻の日々　大槻千佐

わが家ではサンマはガスレンジで焼く。煙は出ないしにおいもわずか。サンマにはスダチをしぼる。こうして、冷酒かワインの時間がサンマと共に始まる。かつてサンマは七輪で焼いた。火をおこすところから大仕事だった。その仕事を取り仕切ったのはもちろん一家の主婦。この句、一九五九年に出た平凡社『俳句歳時記・秋の部』から。

いま

どんぐりや五人家族のハイ・ポーズ　毛利千代子

団栗を手のひらにのせて写真を撮っているのだろう。団栗の背比べのような平凡な家族だが、でも、それがとっても好ましいのだ。ハイ・ポーズで白い歯がこぼれた。「お隣りとふるさと自慢梨三つ」「あんパンを山ほど買って秋高し」「嫁ぐ娘《こ》と一つ鞄の秋の旅」。これらも『毛利千代子句集』（一九九七年）の句。ほのぼの感が快い。

むかし

団栗の寝ん寝んころりころりかな　小林一茶

団栗の落ちる音を聞きながら子を寝かしつけている俳句。一茶は五十代半ばに初めて父親になった。

ところで、一茶は団栗の果てなし話をしているのだろうか。団栗がどぼんと池に落ちました。二番目の団栗もどぼんと池に落ちました。三番目も……。こうして果てもなく繰り返すと、子も親もいつのまにかぐっすり眠っている。

いま

アンインストールアンインストール秋の夜　今井聖

スマホかパソコンの空き容量を増やしているのか。あるいは、余分なアプリを削除して自分なりの世界を作っている？　私としては後者と読みたい。アンインストールの反復が削除する快感を伝えるから。アプリを自分なりに整理して、インターネットの世界の秋の夜長を楽しむ、それが句集『九月の明るい坂』（朔出版）にあるこの句であろう。

むかし

秋の夜を打ち崩したる咄《はなし》かな　松尾芭蕉

咄は話と同義。話の場が盛り上がってどっとわいた、それが「打ち崩したる」だ。談話とか句会などは膝を交えて、すなわち人々が密になってするものだった。でも、コロナの日々においては一変した。季語「秋の夜」の風情をオンラインで楽しむようになった。この変化、私たちの言葉の文化に何をもたらすか。ちょっとわくわくだ。

いま

吾はうつぶせ汝はあおむけにて秋思　津田このみ

いいなあ、この光景！　二人のほどほどの距離感がよい。句集『木星酒場』（邑書林）から引いたが、一九六八年生まれのこの作者は、二十歳過ぎのころ、私のやっていた俳句作りのカルチャー教室に現れた。以来、つかず離れずの俳句仲間である。今、彼女は長野県松本市に住む。「天高く林家ぺーとパー子かな」もこのみさんの楽しい句。

むかし

この秋思五合庵《ごごうあん》よりつききたる　上田五千石

なぜともない秋の物思いが季語「秋思」。この句、その秋思が五合庵からついてきた、という。五合庵は今の新潟県燕市の国上山《くがみやま》中腹にあった良寛の庵《いおり》。五千石はその庵を訪ねた際、秋思に取りつかれたのだ。良寛の心のような秋思に。「秋もややうら淋しくぞなりにける草のいほりをいざ鎖《とざ》してむ」は良寛の和歌だが、秋思の歌？

いま

文化の日ちょっとキザだが好きなヤツ

朝日泥湖《でいこ》

キザを敬遠していた。だが、七十代の今、ちょっとしたキザは大事、と思うようになっている。ファッションやしぐさなどで、キザかなあ、と意識しながら実行する。すると、意外な自分に出会うのだ。自分がちょっと新しくなる気がする。『エンドロール』（青磁社）から引いたが、一九四〇年生まれの作者は大津市に住む。

むかし

菊の香よ露のひかりよ文化の日

久保田万太郎

菊の香り、露の光、つまり、自然のその快さや美しさが文化だよ、とこの句は言っている？　もちろん、菊や露をめでる能力は、人が社会的な環境において育んだ。とすると、その能力を育てた力が文化、とも言えそうだ。理屈っぽくなったが、理屈を言えるのも人の身につけている文化のあかしかも。『久保田万太郎全句集』（中央公論社）から。

いま

百円本買うて灯火に親しめり

西山睦《むつみ》

「百円本」は古書店の店頭にある一冊百円の本。私もその百円本をあさるのがとても好き。そういえば、私の研究者生活は、古書店の特価本から始まっている。二十代末のある日、古書店の店頭で二十二巻の『子規全集』を衝動買いした。何冊かが水にぬれてぶよぶよになっていた改造社版の全集から、私の研究生活がスタートした。

むかし

ぞんぶんに年取り燈火親しめり

守田椰子夫《やしお》

この句の気分にあこがれている。もっとも、「ぞんぶんに年取り」の「ぞんぶん」(存分)がどの程度か、自分ではなかなか分からない。年を取った、と思った時がそれか。以下は灯火ならぬ灯下で作った私の近作。「眠いなあ六十八歳冬瓜も」「老人と犀は仲良し秋うらら」「老人は足折る秋のバイソンも」「老人を拾って揺れて秋のバス」。

いま

断崖やもう秋風のたちつてと

辻征夫

五十音のタ行をおもしろく使った句。秋風が「たち」、その後はどうなるかやや不安。その気分をタチツテトという音に託した。

作者は二〇〇〇年に亡くなった詩人。俳句が好きで『貨物船句集』（書肆山田）を残した。「満月や大人になってもついてくる」「稲妻やざあーとこないうちに帰ろう」「東海の小島の磯のおでんかな」なども征夫の句。

むかし

ひとり膝を抱けば秋風また秋風

山口誓子

季語「秋風」にはもの悲しさがある。秋風が吹くたびに草木が枯れてゆくからだろうか。

誓子の句、「秋風また秋風」の反復が印象的。秋風がまさに身にしむ感じだ。ベンチや芝生でひとりで膝を抱いている姿勢は、孤独を感じさせるが、秋風に吹かれて思いっきり孤独にひたる、それもまたいかにも秋の光景であろう。

いま

夕暮を部屋いつぱいに入れて秋

藤原暢子

「部屋いつぱいに入れて」がいいなあ。たっぷりと秋の夕暮れが来ている。句集『からだから』（文學の森）から引いたが、作者は一九七八年生まれ、東京都に住む。「秋空を開いてゐたる庭師かな」「手に心地よき形買ふさつま芋」「星飛んで家族のやうになつてゐる」もこの句集にある作だが、イメージが具体的、しかも口調がのびやか。

むかし

秋の暮山脈いづこへか帰る

山口誓子

秋の日の暮れやすさを、かつて「釣瓶《つるべ》落とし」と表現した。『日本国語大辞典』はこの釣瓶落としについて、「現代俳句では、しばしば秋の落日そのものをいう」と解説している。たしかに「コンコルド広場の釣瓶落しかな」（石原八束）などの作例が多い。この句、その釣瓶落としで山脈が急に見えなくなったようすだろう。「帰る」が妙。

冬・新年

いま

立冬や明るいうちに帰り着く

森田智子

この句、もう帰ったよ、というのだろうか。このところ私は「もう」という副詞をよく使うようになっている。「もうこんな時間か」「もう冬か」というように。年齢とともに「もう」が切実になったのだ。句集『今景《こんけい》』（邑書林）から引いたこの句、もう帰宅した、という感じ？

むかし

ふるぼけしセロ一丁の僕の冬

篠原鳳作《ほうさく》

セロは楽器のチェロ。この句のセロ一丁は楽器であるとともに心の支えのような何か、だろう。たとえば心で思い続けている恋人とか。この句、宮沢賢治の童話「セロ弾きのゴーシュ」を連想させる。ゴーシュは訪れる動物を相手にセロを弾いていたら、いつのまにか上手になっている。鳳作は一九三〇年代に活躍、三十歳で早世した。

いま

愛たとえばこの鯛焼の重さほど

寺田良治

鯛焼の重さくらいの愛って、どのような愛か。つつましく、気楽で、ほのかに温かい愛だろう。それは、例えばダイヤモンドのような愛と比べると分かりやすいかも。つまりダイヤモンドよりも鯛焼を愛する心、そういう心が育む愛だ。句集『こんせんと』（編集工房ノア）から引いたが、「冬うらら猫とおんなじものを食べ」も良治さん。

むかし

四谷にて鯛焼を買ふ出来ごころ

能村登四郎

出来心はふと思いつく悪い考えや思い。鯛焼を買うことが出来心だったとは、行儀の悪い買い食いをしたことを指すのか。あるいは、病気で甘いものを禁じられていたのか。ともあれ、鯛焼を買うことがちょっとした悪い思いつきだという発想がおかしい。ちなみに、鯛焼、今川焼、焼き芋、そしてホットドリンクの類いは冬の季語。

いま

しぐるるやガラス囲ひのレストラン　中島外男《そとお》

この句のレストラン、外の時雨の冷たさが伝わってきそう。実際は暖房がよく利いているレストランなのだろうが。一九四九年生まれの作者は、妻を亡くした失意のある日、前橋市の書店「煥乎堂《かんこ》」で「句会をしています」という掲示板を目にしたらしい。以来、句会に参加するようになり、句集『妻の日記』(角川書店文化振興財団)を出すに至った。

むかし

京に来ていつもどこかが時雨れをり　高浜年尾《としお》

時雨はいわば京都が本家、あるいは元祖である。三方を山に囲まれた京都盆地の冬の雨、それが時雨であり、連歌や俳諧を通して時雨の情緒が育まれた。約四十年間、私は京都の大学へ大阪から通勤した。晩秋から早春まで、カバンにいつも傘を入れていた。晴れていたのにさっと降ってくる、その気まぐれな京都の時雨への備えだった。

いま

マスク捨つひと日の己捨つるごと

小池康生《やすお》

句集『奎星《けいせい》』(飯塚書店)から。この句集には「補導する側もマスクをしてゐたり」もある。マスクは冬の季語だったが、コロナの日々の今年、マスクは季節を問わない日常品になっている。「鋤焼《すきやき》や庭から卵やってきし」もこの句集の作。庭で鶏を飼っているのか。このすてきなすき焼きの時、もちろん、鍋を囲む人たちにマスクはない。

むかし

マスクして我と汝《なんじ》でありしかな

高浜虚子

わたしとあなた、ぼくと君、オレとヤツなどが親しい関係の呼称だ。ところが、マスクをすると、その関係がにわかに「我と汝」といういかめしいものになる、とこの句。たしかにその通りで、表情が目からしか分からないので、なんとなく頼りない。目は口ほどにものを言い、というが、目は口元の表情をカバーしきれないのかも。

いま

朝の雨上りつつ石蕗《つわ》黄をほどく

稲畑汀子

雨が上がるにつれてツワブキの花の黄色が鮮明になってゆく、そのようすを詠んでいる。「上りつつ」から「ほどく」への展開が快い。黄色が鮮明に目に浮かぶ。とってもいい日になりそうな、そんな気分をもたらす句だ。句集『さゆらぎ』（朝日新聞社）から引いたが、この句集には次の句もある。「活《い》けてみて石蕗の花の香濃きことを」。

むかし

つはぶきはだんまりの花嫌ひな花

三橋鷹女

ツワブキは群がって咲くが、冗舌という感じではない。風などに揺れないが、その頑とした咲きっぷりが私は好き。この句、嫌いだと言っているが、それは反語であろう。「だんまり」のツワブキがほんとうは大好きなのだ。「つわぶきは故郷《ふるさと》の花母の花」は私の句。歌好きだった母は、つわぶき合唱団の一員として活動した。

いま

冬日向雀ちよんちよん猫だらり

稲畑廣太郎

「ちよんちよん」と「だらり」、このオノマトペが冬の日なたの楽しさを伝える。句集『玉《たま》箒《ははき》』から引いた。作者は現在、俳句結社「ホトトギス」の主宰者。高浜虚子、高浜年尾、稲畑汀子、そして廣太郎と、この結社は四代も続いている。高浜・稲畑家は俳句をいわば家業としてきた。つまり廣太郎さんは〈俳句の家〉の当主だ。

むかし

冬日射わが朝刊にあまねしや

日野草城

季語「冬の日」は冬の日差しをいう。開いた朝刊に冬の日がいっぱいに当たっているのがこの句。先日、近所の中学生と話していたら、「チョウカンって何?」と言った。この「季語刻々」の連載が朝刊に出ている、と言ったときの反応だった。その中学生、新聞を読む習慣がないのだ。実は、この句、新聞が時めいていたころの冬の朝の風景である。

いま

天動説地動説よそに日向ぼこ

迫口あき

風のない日だまりは暖かい。その日だまりにいると、陶然とした気分になって、論理的な一切のことはどうでもよくなる。ただただ陶然としていたい。句集『玉霰《たまあられ》』（青磁社）から引いたこの句の作者は一九三三年生まれ、広島県三原市に住む。「ロシアンティにジャムはたっぷり寒夜かな」は夜の句だが、昼夜にわたっていい過ごし方だ。

むかし

陽《ひ》を溜めて体ときどき冬と話す

谷佳紀

「陽を溜めた体」はたっぷりと日なたぼっこをした体だろう。その体、冬に対してひるむことなく向き合うのだ。この気持ち、分かる気がする。句集『ひらひら』（東京四季出版）から引いたが、作者は二〇一八年に七十五歳で他界した。「老いをどんどん見せびらかすぞ牡丹雪」も彼の作だが、この人と友だちになってつるみたかったなあ。

いま

ドーナツの穴から覗く冬の雨

上森敦代

『ドーナツを穴だけ残して食べる方法　越境する学問――穴からのぞく大学講義』（大阪大学出版会）という本がある。大阪大学のいろんな分野の教員がそれぞれの専門からドーナツの穴の食べ方に挑んだ本。学問の楽しさを感じるが、季語「冬の雨」だってドーナツの穴から覗くと格別のはず。句集『はじまり』（飯塚書店）から引いた。

むかし

面白し雪にやならん冬の雨

松尾芭蕉

「ドーナツの穴から覗く冬の雨」を話題にしたが、私にも「ドーナツの穴が好きです牡丹雪」という句がある。芭蕉の句、季語「冬の雨」をまるでドーナツの穴を覗く感じで見ているのだろう。雪になったら、雪ドーナツを作る？　あっ、芭蕉の時代にはドーナツはなかったか。では、作ったのは雪うさぎ、あるいは雪の大福？

いま

かはいさうな人が沢庵ばりばり噛む

櫂未知子

この可哀そうな人は、たとえば失恋した人？　あるいは失職したり賭け事に負けた人かも。でも、ばりばり噛んでいるのだから、まだまだ大丈夫、再起が可能だ。

歯が悪くなるとばりばりとは噛めなくなる。沢庵が噛めなくてひそかに苦労している人が多いのではないか。私もその一人。ばりばり噛まないと沢庵はうまくない。

むかし

妻と我沢庵五十ばかりかな

島田五空

大根五十本を用意して、一年分の夫婦用の沢庵漬けを作るという句だ。五空は一八七五年生まれの俳人、秋田県を拠点に活躍した。

一九〇一年の雑誌「ホトトギス」に新兵の近衛兵の「兵営食物日記」八日分が出ている。米六麦四の割合の飯、そして朝昼晩に沢庵一切れ。まれに煮魚や豆腐、卵焼きが出たが、菜の主は沢庵だった。

いま

人参三大根七のなますかな

森下秋露

俳句用語の「かな」を使ってはいるが、なますのニンジンと大根の割合を言っただけ、これのどこに詩があるのだろう。ニンジン三、大根七の赤と白の割合、作者はその些事にこだわり、その割合に美を感じている。このような美も確かに俳句的な詩である。句集『明朝体』(ふらんす堂)から。作者は一九七六年生まれの若手俳人。

むかし

人参を君と呼びたき日和なり

進藤一考

「君」は親友、もしくは恋人だろう。ニンジンがとてもいとしくなる、そんな今日は上天気だ、という句である。些事へのこだわりが俳句的な詩だ、と右で言ったが、ニンジンを恋人にしたいとふと思った些事、それを作者は見事に表現している。もちろん、ニンジンに恋するのはやや変人だが、些事にこだわって変人を楽しむのは俳句的醍醐味。

いま

十二月キツネうどんに声の出て

あざ蓉子

「あったか!」「うまそう!」などと声が出たのか。キツネうどんは素朴、そして比較的安い。そのキツネうどんが私は好き。キツネうどんを好む人も好き。作者は一九四七年生まれ、熊本県玉名市に住んで活躍した。この句を収めた句集『天気雨』(角川書店)を出した後、体調を崩して俳句から遠ざかっており、それがとっても残念。

むかし

十二月火を生むものを身辺《みほとり》に

神蔵器《うつわ》

そういえばかつてマッチ、ライターなどがいつも身辺にあった。まきとか炭も。ところが、そうしたものが消えて、わが家の火を生むものはガスレンジとカセットコンロのみ。近所の娘のところはオール電化になって火がどこにも見当たらない。あっ、火種はいろいろとあるかも、夫婦げんかとか親子の争いの火種など。恋や好奇心の火種も。

いま

全集の二束三文漱石忌

遠藤若狭男《わかさお》

十二月九日は夏目漱石の忌日。彼は一九一六年に四十九歳で没した。確かに全集の古書価はずいぶん安い。ものによっては全集の一冊の値が文庫本並み。まさに「二束三文」だが、考えようによっては全集を入手する絶好機でもある。

若狭男は小説も書く。いわば漱石の系譜に連なる俳人だ。この句、新句集『去来』から引いた。

むかし

愚《ぐ》陀《だ》仏《ぶつ》は主人の名なり冬籠

夏目漱石

一八九五年、旧制松山中学の教師時代の作。この年から漱石は熱心に俳句を作るようになった。彼は自ら愚陀仏という俳号をつけ、寄寓《きぐう》していた家を愚陀仏庵と称した。ところが、俳句の先生格だった正岡子規はもっぱら漱石と呼んだ（評論「明治二十九年の俳句界」など）。そういうこともあって愚陀仏という俳号は普及しなかった。

いま

セーターの袖の余りて告白す

神野紗希

ほら、袖がこんなに長いよ、と言って告白のきっかけを作ったのか。新装版句集『星の地図』（マルコボ・コム）にある大学生時代の作。一九八三年生まれのこの作者、高校生時代から俳句を始め、今や現代俳句の最前線で活躍している。ところで、告白とはかかわりがないが、私の冬の日常着はセーター、家でも外出するときもセーターだ。

むかし

ルノアルの女に毛糸編ませたし

阿波野青畝

「ルノアルの女」はフランスの印象派の画家、ルノワールの描いた豊満な裸婦を指すのだろう。川島由紀子の『阿波野青畝への旅』（創風社出版）によると、絵が好きで自らもよく描いた青畝は、九十三歳にして『わたしの俳画集』（角川書店）を出版した。「数へ日といへどもムンク壁に佇《た》つ」は八十五歳の、「シャガールの空を探せる春の蝶」は九十三歳の青畝の句。

いま

クリスマスリースの扉から美人

坊城俊樹

句集『壱《いち》』（朔出版）から。わが家の近辺では玄関にクリスマスリースを飾ることが流行している。正月の門松やしめ飾りは廃れ気味で、今やクリスマスリースの時代、という感じになっている。この句、そのクリスマスリースを飾った玄関からは美人が出てくる、というのか。としたら、ますますクリスマスリースは流行しそうだ。

むかし

へろへろとワンタンすするクリスマス

秋元不死男《ふじお》

結婚して間のない二十代半ば（半世紀も昔である）、クリスマスケーキが流行していた。ケーキ屋の店頭にうずたかくケーキが積まれており、帰宅するサラリーマンなどはそれを手土産に家路を急いだ。この句、そんな世の中をしり目にワンタンをすすっている感じ。「へろへろ」というオノマトペがワンタンをすする人のかなしさを伝える。

いま

白鳥になるまで試着することも

コダマキョウコ

「することも」ある、と言っている。試着室を出るとき、その人はすっかり白鳥になっているのだ。私の偏見だろうが、女性には堂々と白鳥になる人が多い。私はというと、デパートなどで試着するのが気恥ずかしい。七十代になって少し慣れてきたが、これは厚かましくなっただけ。私は白鳥派でなく、みにくいアヒル党である。

むかし

写真ほど白鳥真白にはあらず

宇多喜代子

「白鳥になるまで試着することも」という私の俳句仲間の句では、試着した人が白鳥から遠かったとしても、試着の時は真っ白の白鳥になりきっている。さて、この句、幻想とか思いこみをひっぺがしているが、これは俳人の得意技である。作者は現代の代表的俳人。俳人の前では白鳥もつらいかも。

いま

こんなにもこんなにもこんなにも鶴

奥田好子

いっぱいの鶴の見事さを、「こんなにも」という言葉の反復で表現した。「松島やああ松島や松島や」と同じような表現の仕方だ。作者は一九五六年生まれ、句集『陽だまり』から引いた。ナベヅルの飛来地として有名な鹿児島県出水市へ行ったことがある。越冬のためにおびただしい鶴が来ていて、地元では「万羽鶴」と呼んでいた。

むかし

高熱の鶴青空にただよへり

日野草城

青空を漂う鶴、それを高熱の鶴と見た。その鶴、熱にうかされてどこへ漂って行くのだろうか。実は、この句を作った当時（一九五〇年）、作者は結核で病臥していた。同じころ、「われ咳す故に我あり夜半の雪」とも詠んでいる。青空を漂う高熱の鶴は作者自身だったのだろう。ともあれ、青と白の対照がまぶしいくらいにきれいな句。

いま

裸木に太陽ひっかかっているよ

夏井いつき

季語の裸木は冬になってすっかり葉を落としている木。枯れ木とも言うが、枯れてしまった木とまぎらわしいので、最近は裸木という言い方が優勢になっている気がする。句集『伊月集　梟《ふくろう》』（朝日出版社）から引いたこの句は、油絵的というかゴッホなどを連想する構図だ。口語調の破調は、奔放で大胆な子どもの絵を連想させもする。

むかし

斧入れて香《か》におどろくや冬木立

与謝蕪村

葉を落とした冬の木（裸木）におのを打ちこんだ瞬間の情景である。枯れ木のように見えていた木が強い香り、すなわち強い生気を放った。季語「冬木立」は裸木の群れているようす。一本の木におのを入れた瞬間、まわりの木々もいっせいに生気を放ったのではないだろうか。この句、枯れた風景の中のみずみずしい生気をとらえた傑作だ。

いま

図書館の司書のあだ名は「かまいたち」

清水れい子

季語「かまいたち」は突然に皮膚が裂ける現象。気候の変動で空気中に真空ができ、その真空にふれたときに傷ができるという。この句、そのかまいたちを思わせる司書が、カウンターに座っているのだ。こわそうだが、本のことなら何でも知っているような奥深さをも感じさせる。「かまいたち」のいる図書館に行きたい。

むかし

三人の一人こけたり鎌鼬《かまいたち》

池内たけし

三人のうちの一人が不意にこけてけがをした。かまいたちに襲われたらしい、という句。かまいたちは空気中にできる真空が原因と見られているが、その真空を利用した剣士が赤胴鈴之助。小学生時代の私たちのヒーローだった。私には「落葉また落葉赤胴鈴之助」があるが、これ、真空斬りの修練で落ち葉を斬る鈴之助のつもり。

いま

改札を鬼が抜けゆく師走かな

草野早苗

句集『ぱららん』（金雀枝舎《エニシダ》）から。作者は一九五四年生まれ、横浜市に住む。この句、二〇二〇年の話題作『鬼滅の刃《やいば》』（吾峠呼世晴、集英社）を連想させる。二十三巻からなるこの漫画を私はすべて買って読みふけった。ハチャメチャの鬼退治をわくわくしながら楽しんだのだが、主要なキャラクターの一人、嘴平《はしびら》伊之助が、私と誕生日が同じと知り、ことにわくわくした。

むかし

師走何ぢや我酒飲まむ君琴弾け

幸田露伴

師走、つまりなにかと忙しい年の瀬がなんじゃ。そんなものは気にしないで、ともかく私は酒を飲もう、君は琴を弾け。今を楽しもうじゃないか、という句だろう。露伴のように気炎をあげたいが、今年はこの種の気炎は慎まなければいけないだろう。なにしろコロナという鬼が目にみえないところで跳梁跋扈《ちょうりょうばっこ》しているから。

いま

熱燗《あつかん》や恋に不慣れでありしころ

行方克巳

熱燗の季節になった。この句の作者は私と同年の生まれだが、熱燗を飲みながら、ちょっと彼にからみたい気がする。「君は今、恋に慣れたわけ？」と。「たとえ八十歳だったとしてもだよ、急にときめいて、思わず熱燗のとっくりを倒してしまう。それが恋なんじゃないか。恋は常に一回性で、慣れを寄せつけないよ」。ああ、私は酔ったか。

むかし

熱燗に胸広きかな赫《あか》きかな

久米正雄

「赫き」は赫赫《かっかく》、顔が赤くなって熱気のたかまっているようすだろう。要するに、熱燗で気分が大きくなり意気盛んになっている。酒豪の歌人として知られる佐佐木幸綱の歌集『テオが来た日』（ながらみ書房）を見たら、「身の内にまっ赤な鉄を滅多打つ鍛冶屋が居りて二日酔いなり」があった。この句の主人公も二日酔いになりそう。

いま

悴《かじか》んで髪の先まで尖りけり

山田佳乃

「かじかむ」「かじける」は冬の季語、寒さのために手足などが思うように動かなくなることを言う。時には心までもかじかむ。この句、髪の先がかじかむというのがいかにも女性の感覚か。そういえば「罌粟ひらく髪の先まで寂しきとき」（橋本多佳子）があるが、こちらは夏の句。佳乃さんは一九六五年大阪府生まれ、「円虹」を主宰する。

むかし

悴みてひとの離合も歪《いびっ》なる

中村草田男

「ひとの離合」という表現がおもしろい。人がかじかんでしまって、まるで無機物のようになっているのだ。それで、会う時も別れる時も、なんだかいびつな感じ。要するに、すごい寒波が来ているのだ。私の年代には腰や膝を病む者が多いが、そういう人は寒さがひどいとまさに草田男の句の通りになる。もちろん私も、である。

いま

厳寒の乳首テンションアゲアゲね　静誠司

句集『優しい詩』から。これを見て笑う人がいるだろう。こんなものは俳句ではないと一蹴する人もいるだろう。私は前者である。厳寒のなかに浮かびあがる乳首が生々しい。やや下品だが、明るい笑いの起こる気配。それがいいなあ。作者は一九六六年生まれ、静岡市に住む私の俳句仲間だ。

むかし

寒影を伴ひたりし散歩かな　相生垣瓜人

この冬は寒い日があった。わが家では庭のメダカの鉢に氷が張った。二、三日、氷は解けなかった。そんな寒い日も近所を歩いた。この句のように。「寒影」とは寒々とした影、作者の造語だろう。そういえば、芭蕉に「冬の日や馬上に氷る影法師」がある。馬に乗った自分を、凍った影法師みたい、と客観化した。寒々とした風景だ。

いま

風邪の日は風邪かと問うてくださいな

津田このみ

季語にはそれを歓待するというか、喜ぶ気分がある。たとえば時雨や木枯らしはその冬らしさが喜ばれて季語になっている。風邪もそうだ。風邪にかかると実際は大変だが、風邪が存在するのもいかにも冬だ、という気分が風邪を季語にした。その気分がこの句によく出ているだろう。風邪を話題にして親しみがいっそう広がるのだ。

むかし

咳《せき》をしても一人

尾崎放哉

コロナ禍の今はせきをするのもはばかられる。そのせき、冬の季語だが、同じような季語に水洟《みずばな》、皹《ひび》、皸《あかぎれ》、霜焼け、風邪などがある。嫌なものとして排除せず、冬らしいものとして親しもうとする気分がこれらを季語にしている。季語の根っこにはそれへの親しみや好意がある。では、コロナは季語になる?

この句は自由律の代表作。

いま

冬の夜両手に星をのせたいよ

飯田香乃

私ものせたい。「雪降ってわたしの影も白くなる」「ああねむい窓をあければ冬の星」「はんてんを着て心まであたたかい」「サラサラの雪を手にのせあおぐ空」も香乃さん。中学二年の作者は、幼稚園のころから祖父について句作、その作品二百六句を句集『魚座のしっぽ』（草土社）にまとめた。掲出した句はどれも小学校五年当時の作。

むかし

わが生くる心音トトと夜半の冬

富安風生

冬の夜中、生きているあかしの心臓の音がトトとしている、という句。自分で自分の命を確認するこの句の気持ち、よく分かるなあ。すでに何度も話題にしたが、私は早寝早起き派。最近は午前三時台に起きる。冬のこの時間はあたりがしんとしてとてもわびしい。そして寒い。自分の部屋の暖房を入れ、お茶を手にするとほっとする。

いま

チーズフォンデュふつふついつしか雨が雪　原雅子

鍋料理の一種として、チーズフォンデュ（あるいはフォンデュ）を冬の季語としてよいだろう。この句の場合、雪も季語だが、チーズフォンデュの暖かさ（室内）と雪になる雨の寒さ（室外）が対照的。去年、福岡市に行ったとき、初めて郷土料理のもつ鍋を食べた。こわごわだったが、とてもうまかった。もつ鍋も季語にしたい。

むかし

闇汁の納豆にまじる柘榴《ざくろ》かな　会津八一

チーズフォンデュやもつ鍋を季語にしたい、と書いたが、これらが俳句に多く詠まれると季語になる。そして、その句が俳句歳時記に例句と共に取り上げられると、季語として定着する。闇汁は正岡子規や高浜虚子が詠んでできた季語。この句、納豆にからまってザクロがあった、というのだろうが、まるでゲテ物。まずそう。

いま

未来おそろしおでんの玉子つかみがたし　山口優夢

確かにおでんの卵を箸でつかむのはむつかしい。でも、格好や行儀にとらわれないで箸をぐさっと刺せばとても簡単。未来だって、格好や行儀にとらわれないでぐさっと刺すべきものだ。

おでん鍋を囲んで以上のようなことを大学生と話した。ちなみに、私の好物は豆腐、大根、じゃがいも。学生が、「どれも箸で食べやすいですね、先生」と言った。

むかし

河馬の背のごときは何ぞおでん酒　上田五千石

「おでん」は煮込み田楽を意味する。そのおでんをさかなに飲むのが「おでん酒」。おでんは江戸時代の末ごろ登場したらしいが、季語として普及したのはごく近年、すなわち敗戦以後と言ってよい。

この句はまだ新しい季語「おでん」の古典的傑作だ。この「河馬の背のごとき」は何か、それを考えるだけで酒がすすむかも。

いま

はにかみて姜尚中《カンサンジュン》の毛糸帽

長岡悦子

食べ物や虫の名などの日常語、そして外来語、流行語などが俗語だが、姜尚中という人名も代表的な俗語。もちろん、ネンテンもそうなのだが、はにかむ姜さんにはかなわない。くやしいほどにかっこうがよい。この句、『喝采の膝』（金雀枝舎）から。作者は姜さんのために毛糸帽を編みたい気分かも。

むかし

頭巾着て老《ろう》と喚《よ》ばるる嬉しさよ

会津八一

八一老、と呼ばれたのだろうか。作者は書家、歌人として知られる。私なども年齢的には十分に老だが、ネンテン老と呼ばれたことはない。たいていはネンテンと呼び捨てだ。あるいはネンテンさん、ときにネンテン先生とも呼ばれるが、たまにはネンテン老と呼ばれてみたい。宗匠頭巾でも着用したらネンテン老になれるだろうか。

いま

不機嫌を連れてマフラーして、こいつ　野本明子

「こいつ」、すてきだなあ。不機嫌がマフラーに似合うのだ。先日、この句のまねをして赤いマフラーを巻いてうつむいて歩いた。カミさんいわく、「前を向いて歩いたらどう。何も下に落ちてはいないわ」。この句は私たちの俳句雑誌「船団」百五号から。「あっ風花、という視線のそらし方」も明子さん。これもまねしたいそらし方だ。

むかし

霧ひらく赤襟巻のわが行けば　西東三鬼

首に巻いて寒さを防ぐのが襟巻。今、その襟巻の代表はマフラーだが、襟巻はマフラーに限らない。かつては毛皮の襟巻などもよく用いられた。この句、赤い襟巻姿がすてき。霧の中を歩いているのだが、霧が自ら道を開けてくれる感じ。一九五六年の作だが、歯科医から俳人に転じた三鬼は赤襟巻の似合うモダンな俳人であった。

いま

枯芝の真ん中ロックンローラー

鈴鹿呂仁《ろじん》

このロックンローラーはかなりの年配かも。先日、近くの公園の芝生がとてもあたたかそうだった。それでついつい、ころがって大の字になった。自分が宇宙の中心にいる気分だった。ところが、「養生中で立ち入り禁止です。いい年をしてまあ」と叱られた。いい年うんぬんにむっとした。この句、句集『真帆の明日へ』（東京四季出版）から。

むかし

枯芝に青春もかく翳《かげ》りたる

木下夕爾《ゆうじ》

枯芝にすわっていて、青芝の時代（青春）が去ったなあ、と感じている句。この気分は分かるが、青春（若さ）と老境（老い）を対比し、前者にあこがれる思考に反対だ。青芝には青芝の、枯芝には枯芝のよさがあり、そこに優劣はない。『定本　木下夕爾句集』（牧羊社）から。詩人、俳人として活躍した作者は一九六五年に他界した。

いま

埋《うず》み火の至近距離から打つメール

小西雅子

灰の中に埋めた炭火が季語「埋み火」だが、炭や火鉢（これらも季語）は日常のものではなくなった。この句、埋み火に秘めた恋情が重ねられているが分かるだろうか。そういえば、しばらく前まで、メールは打つ、電話はかけるであった。ところが、いつの間にか、メールして、電話するよ、などと言っている。区別がなくなったのだろうか。

むかし

見てをれば心たのしき炭火かな

日野草城

炭の火は思いがけない爆《は》ぜ方をする。それを見て楽しんでいるのがこの句。炭や火鉢は今では過去のものになったが、『鬼滅の刃』の主人公・炭治郎の登場によって、私はにわかに幼少期を思い出した。炭治郎の一家は炭焼きで生計を立てていたが、わが家でも妻の実家でも自家用の炭を焼いていた。私たちは炭焼きを手伝いながら育った。

いま

楽観的蜜柑と思索的林檎

神野紗希

句集『すみれそよぐ』(朔出版)から。ミカンとリンゴを楽しんでいる感じ。わが家の卓上には、ミカンとリンゴのほかに黒くなりかけた欲情的バナナ、すこし硬い禁欲的キウイ、そして軟化した蠱惑《こわく》的柿がある。そういえば、物理学者で俳人、随筆家だった寺田寅彦にこの句の先例のような作がある。「客観のコーヒー主観の新酒かな」。

むかし

蜜柑むくはてこんなことしてゐては

星野麦丘人

ミカンは楽しめる。たとえば皮のむき方。上下のどちらからむくとうまくむけるか。あるいは、できるだけ破らないでむいて、皮で器を作って筋入れにする。筋は房(実)に付いているあの白い筋。房の数の当てっこも楽しい。皮の中に何房あるかを推量するのだ。というように、ミカンはつかの間この世を忘れさせる。その気分がこの句。

いま

湯たんぽが妻であつたら少し困る

市堀玉宗

少しでなくおおいに困る。というのも、私の場合、湯たんぽをしょっちゅう蹴とばしているから。その湯たんぽ、実は妻が用意して足元に入れてくれる。この句の作者は石川県輪島市の寺の住職。「いのちがそうであるように、俳句とは実にかるく、拘《こだわ》りのない領域に属していよう」(『安居抄《あんごしょう》六千句』邑書林)と玉宗さんは言う。

むかし

湯婆抱いて大きな夢もなかりけり

大須賀乙字《おつじ》

破調がしどけない感じ。湯たんぽのあたたかさに自足して、人生はこれで十分、という感じなのか。それとも自嘲の句か。そういえば芥川龍之介に自嘲の句があった。「水洟や鼻の先だけ暮れ残る」がそれ。ちなみに、わが家の湯たんぽはゴム製の鮮やかな赤と青。赤は妻、青は私用だが、厳寒の夜には湯たんぽを頼りに夢を見る。

いま

夜沈沈沈沈と夜雪催《ゆきもよい》

島野紀子

「沈沈」は夜が静かにふけてゆくさま。高校時代の漢文の時間に蘇軾《そしょく》の詩の「鞦韆《しゅうせん》院落夜沈沈（ぶらんこのある中庭に夜は静かにふけてゆく）」に出合って、私は沈沈という語を覚えた。季語「雪催」は、今にも雪の降りそうな空のようす。この句は句集『青龍』（ふらんす堂）から。「七味もう一振り寒さ乗り切らん」も紀子さん。

むかし

寄鍋やたそがれ頃の雪もよひ

杉田久女

今にも雪の降りそうな天気が「雪もよい」。近代になって好まれるようになった季語だが、この句の場合、作者が意識していた季語は「寄鍋」だったかも。寄鍋が煮えてきた頃、雪が降りそうな気配になった。まさに寄鍋にぴったりのたそがれになったのだ。実は寄鍋も近代の季語である。この句は新しい二つの季語でできている。

いま

われに降る雪われが踏む時間

青垣囲《かこい》

雪の道を歩いている。踏みしめる一歩一歩が自分だけの時間のような気がする。「われに降る雪」と「われが踏む時間」の対句的な表現の響き、それが伝えるのは時間の感触かも。作者はこの句を含む三十句で第十一回鬼貫青春俳句大賞を受賞した。三十歳未満を対象にしたこの賞は兵庫県伊丹市の柿衞文庫などの主催。囲は一九九〇年生まれ。

むかし

わが雪とおもへばかろし笠の上

宝井其角《きかく》

前書きとして「笠ハ重シ呉天ノ雪」という漢詩の一節が置かれている。その漢詩の「重し」を「かろし（軽し）」に変えたところが作者の手柄。ちょっとした知的な遊びを面白がる、それが其角の俳句の特色だった。もっとも、この句は、「わがものと思えば軽し笠の雪」として流布した。格言、人生論として世に受けたのだ。

いま

遅ればせながら底冷まつたうに

尾池葉子

いつになく遅れたけれども、ついにまっとうな底冷えがやってきた、というのがこの句。季語「底冷え」は大地の底から冷えるような寒さ。京都市などの盆地の冷えを言う。『ふくろふに』(角川学芸出版)から引いたが、この句集には「夫一歩われは二歩なる凍《しば》れ径《みち》」もある。「凍れる」は厳しい冷え込みを指す東北、北海道の言葉。

むかし

手が冷た頰に当てれば頰冷た

波多野爽波

「冷た」は冷たいよ。手が冷たいなあ、おお、頰も冷たいよ、と、たとえば父が子に触れている感じ。もちろん、恋人たち、あるいは夫婦のこととして読んでもよい。この句、万葉集の次の東歌《あずまうた》を連想させる。「稲搗《つ》けばかかる我《あ》が手を今夜《こよい》もか殿の若子《わくご》が取りて嘆かむ」。「かかる我が手」はあかぎれのできた私の手。若子は若様。

いま

息白く人生すべて往路なり

小川軽舟

句集『掌《て》をかざす』(ふらんす堂)から引いた。「人生すべて往路」という潔い断定に賛成だ。ただ、行き方にはいろいろあって、蒸気機関車のように勢いよく前進するのも一方法だが、七十代の私は徒歩派だ。電車や自動車にも乗るが、基本的には歩いて行きたい。歩くことで見える風景があり、歩くことで出会える人や物があるから。

むかし

橋をゆく人悉《ことごと》く息白し

高浜虚子

「息白し」が冬の季語。近年は暖冬なので、虚子の句の風景から遠ざかっている感じだが、でも、白い息を吐いて出勤したり、散歩したり、あるいはジョギングすることが私は好きだ。もっとも、退職して出勤がなくなったので、今は早朝の散歩の折、時たま白い息を吐く。出勤する人たちとは逆方向に歩く風景が私にはとても新鮮だ。

いま

流れたき形に水の凍りけり

高田正子

「流れたき形」がいいなあ。流れたいよ、流れたいよと思いながら水は凍っている、と思うと、なんだかおかしいというか、氷になった水がけなげな感じがする。

わが家では庭に小さな鉢を置いてメダカを飼っているが、時々その二つの鉢の水が凍る。「流れたき形」というより、メダカをとじこめるいたずらをしたという感じ。

むかし

水の流れる方へ道凍て恋人よ

鈴木六林男《むりお》

水の流れのままに凍った道を恋人と歩いている。私たちの恋もこの道みたいなもの、時に凍り、時に解け、さらさらと流れもする、などと思いながら。作者は一九一九年大阪生まれ。会うたびに私の肩を抱き、「坪内君、一生懸命飲もうかい」と言った。酒も人生も作句も、いや、何もかもが一生懸命。それが六林男という俳人だった。

いま

霜柱踏む副葬の鈴ちりと

対馬康子

どこかの古墳で霜柱を踏んだのであろう。足元で崩れる霜柱の音、その音を古墳の副葬品の鈴音だと思った句。今と昔がはかない霜柱を通してつながっていることに共感した。作者は一九五三年生まれ、新句集『竟鳴《きょうめい》』(角川学芸出版)から引いた。この作者とは芝不器男俳句新人賞の選考委員仲間。彼女、よく談じよく食べよく動く。

むかし

霜柱俳句は切字《きれじ》響きけり

石田波郷

この句、俳句を作る人の間ではとても有名な句。や、かな、けりが代表する切れ字は俳句の代表的な語法である。波郷の句、末尾の「けり」が切れ字だが、その切れ字は、霜柱の立てる微妙、繊細な音に匹敵する、というのだ。ちなみに、私のパソコンで「きれじ」を漢字に変換しようとすると、まず「切れ痔」が出る。おかしい。

いま

一月の海原といふ目を上ぐる

石田郷子

「といふ」をどのように読むか。「～というものがある」か、あるいは、「～と言う」だろうか。どちらにしても「一月の海原」に対して目を向けたのだ。それが「目を上ぐる」。というようにこの句を考えていたら、一月の海原を見たくなった。紀伊半島の潮岬あたりへ行ってのんびりと太平洋を眺めようか。

むかし

一月の川一月の谷の中

飯田龍太

季語「一月」は特別だ。なにしろ、新年の最初の月、この月から一年が始まるのだから。と思うと、一月の川も一月の谷もなにか特別の気配。水量はあまりなく、谷は枯れているが、さんさんと光って流れる水がはるかかなたの大海を連想させるかも。「一月の川一月の谷」という対句的表現の快さは、明るい未来を感じさせるかも。

いま

ラガーらの眼に一瞬の空戻る　阪西敦子

試合の途中の一瞬の光景だろう。映像が静止して、ラガーたちの目に青空が映っている。このような光景、実際に見ることはありえないだろう。でも、カメラなどの発達で、大写しになったラガーの表情などは私たちになじみになっている。だから、目に映った空を想像することも可能になっている。これ、とっても現代的な写生の句だ。

むかし

ラガーらの雄しべのごとく円となる　加藤三七子《みなこ》

ラガーたちがスクラムを組んでいる光景だ。それを「雄しべのごとく」と表現したのが面白い。ラグビーのエネルギッシュな動きに性的興奮を覚えたのかもしれない。大学ラグビー部での新型コロナウイルスのクラスターが報じられたが、3密の度合いのもっとも強いスポーツがラグビー？　でも、年頭には必見のスポーツだ。

いま

大根が大根おろしになるきもち

火箱ひろ

大根が大根おろしになる気持ちって、どんな気持ちだろうか。「ああ、痛いよ〜」とすられるのか。それとも、「ふふふ、いい気持ち！」とすりおろされているのか。もちろん、後者に違いない。

「炬燵《こたつ》して根菜系の夜である」もひろさんの句集『えんまさん』（編集工房ノア）にある。こちらは大根足が触れ合って、ほのぼのあたたかい気持ち。

むかし

流れ行く大根の葉の早さかな

高浜虚子

大根の葉の緑が生き生きと流れている。上流で大根を洗っているのだろう。一九二八年の作。

最近、壺井栄の小説『大根の葉』を読んだ。少年が仲間から「大根の葉がからかってえ」とはやされる。大根の葉さえも辛がる、なさけないやつだ、という意味だろうか。一九三八年作のこの小説、舞台は瀬戸内海の小豆島である。

いま

ふたり四人そしてひとりの葱《ねぎ》刻む

西村和子

町のうどん屋のようすかと思ったが、飲食店だとネギは事前に刻んでいるだろう。この句の人数は家族らしい。つまり、結婚して二人、子どもができて四人、その子らが巣立ち夫も亡くなって今は一人、という次第。ネギを刻む音は家族の歴史の音なのだ。慶応大学出身者を中心にした『三田俳句丘の会作品集』（角川文化振興財団）から引いた。

むかし

夢の世に葱を作りて寂しさよ

永田耕衣

この世は一瞬に過ぎ去る夢のようにはかない。そのはかない世にネギが青々と育っている、という句。ネギだけが青くて、青さがしんとした寂しさを感じさせるのだ。もっとも、ネギが大好きで、たとえばネギを焼いて食べたりしている人にとっては、「寂しさよ」が「楽しさよ」になるかも。この句の主人公は植木鉢などでネギを作っているのかも。

いま

刻まれていよいよ海鼠銀河色

高野ムツオ

これ、銀河みたい、と思いながらナマコをさかなに飲むと、心が宇宙的に広がりそう。句集『片翅《かたはね》』（邑書林）から引いた。「父と子と西宇和郡のなまこ嚙む」は私の句。父と子が飲んでいる光景だが、私の育った愛媛県西宇和郡の村には、ナマコを食べる習慣がなかった。だから、私の句は、父と子はこのようでありたいという夢の一片。

むかし

安々と海鼠の如き子を生めり

夏目漱石

漱石の自伝的小説『道草』では、産婆の来ないうちに始まった出産に主人公の健三があわてでしまう。赤ん坊に指で触ると、「寒天のようにぷりぷりしていた」。健三は脱脂綿をむやみにちぎって「柔らかい塊りの上に載せた」。この句は長女出産の際の感慨だが、「海鼠の如き」は、「寒天のように」に通じる誕生の神秘さの表現だろう。

いま

鮟鱇のくちモンローに似てゐたり

田代草猫

季語「鮟鱇」とモンローの取り合わせはなんとも愉快。あのぶかっこうの代表みたいな鮟鱇がエロチックに見えてくる。鮟鱇鍋を食べる時、鮟鱇のくちびるを探して食べたい。もっとも、モンローは怒るかも。句集『猫』（新潟絵屋）から引いたが、作者は一九六二年生まれ、新潟市に住む。「今こける今こけるぞと見てブーツ」も草猫。

むかし

友と居て妻を疎んず鮟鱇鍋

高橋沐石

「妻を疎んず」は、かつて男らしさの気分だった。若い日の私も友人と鮟鱇鍋を囲む時などには妻を遠ざけたい、と思った。だが、その気分は次第に消え、今ではむしろその逆だ。「友と居て妻もまじえて鮟鱇鍋」という具合。妻を疎んじたのは独りよがりで未熟だったせいい、と思っている。沐石は一九一六年に三重県に生まれた俳人。

いま

頓服をのんで鯨を見に行かう

長浜勤

鯨、イルカ、サメ。これらの海の大型動物、季語としては冬である。冬によく食べたからであろうか。句集『車座』（本阿弥書店）から引いたこの句、小さな頓服と大きな鯨の取り合わせがなんとなくおかしい。ちなみに、私の育った四国の村では、冠婚葬祭に欠かせないのがサメ（フカ）の湯引き。からしみそをつけて食べる。

むかし

曳かれくる鯨笑って楽器となる

三橋敏雄

ロープで曳かれている鯨の口は笑っているよう。鯨を見ようと人々がどんどん集まってくると、鯨の笑いは大きくなり、ついには鯨そのものが一つの楽器になった。以上のような句であろう。鯨を捕獲した人々の喜びに当の鯨も楽器になって応えているのだ。これはもしかしたら日本の鯨漁の原形ともいうべき風景かも。

いま

電線を嫌ひなふくら雀かな

桑原三郎

季語「ふくら雀」は丸々とふくらんでいる寒中のスズメ。羽毛に空気を入れて寒さを防いでいる。この句、その「ふくら雀」は電線が嫌いだという。ふくらんでいるので風に飛ばされたりするから？

スズメは人の生活圏で暮らすが、この二十年間で半減したらしい。しかも、人と同じく少子化も進んでいる（三上修『スズメの謎』誠文堂新光社）。

むかし

寒雀顔見知るまで親しみぬ

富安風生

季語「寒雀」は寒中のスズメ。丸くふくらんでいるので「ふくら雀」とも呼ぶ。この句、冬籠もりしていて、朝から夕までスズメばかりを見ていたのだろうか。

北原白秋は不遇な時期をスズメに親しんで乗り切り、エッセー集『雀の生活』を著した。白秋は言う、「人間は寂しい、雀も寂しい、雀を思ふと涙が流れます」と。

いま

ユニクロの若草色へ日脚伸ぶ　くぼえみ

「日脚伸ぶ」という季語を実感する候になった。日脚とは昼間の時間、または太陽の日差し。確実に昼間の時間が長くなり、日差しも次第に明るくなっている。

この句、若草色のユニクロ製品を着ている人に日が当たっているのだ。その若草色の明るさに春を感じている。「ぱー出した人の集まり冬日向」もえみさんの楽しい作。

むかし

日脚のぶ去りゆく日々にかかはらず　久保田万太郎

たちまち日がたち、もう一月も末である。でも、日は確実に長くなっており、春がすぐそこに近づいている。以上のような内容の句。まさに日脚伸ぶ候である。

ところで、年をとればとるだけ日が早くたつという感じがする。子どものころの一日はずいぶん長かったが。日が短くなるのは、あれ、どうしてだろう。不可解。

いま

目の合へば鹿まばたきす春隣　稲畑汀子

「春隣」はハルトナリ、ハルドナリ。春がそばに来ている感じを言う季語だ。一月の末あたりがその春隣。

汀子さんの句の鹿のまばたき、鹿のウインクみたい。奈良公園あたりの風景だろうか。鹿が実際にまばたきするかどうかは知らないが、鹿にウインクしてもらったら、誰だって春隣の気分になるだろう。

むかし

産科とふ名札はたのし春隣　中村汀女

「とふ」はトウと読む。「という」が変化した語。「名札」は名を記した札、たとえば病院のそこが産科であることを示す名札を指すのだろう。その名札を「たのし」（楽しい）と感じるのは生まれる者への期待感があるからだろう。

春がすぐそばに来ている。ハルト（ド）ナリと呟くと気分が明るくなる。

いま

宇宙広すぎて炬燵を出《い》でられず

関根誠子《せいこ》

句集『瑞瑞《みずみず》しきは』から。作者は東京都渋谷区に住む。この句集には「タイタニックは沈み炬燵に我残る」もあって、彼女のこたつはコロナ禍におけるよりどころみたい。こたつという小さな場所、それは宇宙の、あるいは世界の中心なのだ。ともあれ、こたつにいて宇宙を感じる、あるいは大海を意識する心を持ちたい。

むかし

つくづくと物のはじまる火燵《こたつ》かな

上島鬼貫

コロナ禍の正月は、初詣や帰省を自粛し、もっぱら家で過ごす人が多いかも。いわば、こたつ正月である。そういえば七十年以上も前の子どものころ、元日には家を出なかった。家に来ている正月の神（歳徳神《としとくじん》）をもてなすためだ。歳徳神はお年玉（一年間の健康や幸福）をくれた。そのもらった喜びが「明けましておめでとう」のあいさつだった。

いま

明けまして新しい僕おめでとう

五百久禮園

「新しい僕」はなぜめでたいか。お年玉をもらったから。お年玉はその年一年間の幸福や幸運の結晶である。正月にはそれを正月の神（歳徳）、歳神《としがみ》からいただく。ちなみに、正月の神は家々に来ていた。門松を立て、しめ飾りをするのは神が来ている表示である。

この作者は、作句当時、群馬県みなかみ町立水上小の五年生。

むかし

一年は正月に一生は今に在り

正岡子規

「一年の計は正月（または元旦）にあり」ということわざをそのまま俳句にした感じ。これを俳句と言えるのか、と疑問に思う人があるかもしれないが、「一年は」「一生は」の対句的表現の快さがちょっとした詩を感じさせる。

正月にしたことは一年間続くという。私は今のところ、ニコニコし、テキパキとしているつもり。

掲載句一覧

う

坪内稔典（つぼうち・ねんてん）

一九四四年生まれ。俳人、歌人。正岡子規や夏目漱石の研究者としても知られる。著書に『俳句いまむかし』、『坪内稔典句集』Ⅰ・Ⅱ、『俳人漱石』、『季語集』、『正岡子規―言葉と生きる』、『ねんてん先生の文学のある日々』、『ヒマ道楽』、『坪内稔典コレクション』全三巻など多数。

本書は「毎日新聞」の連載「季語刻々」（二〇一〇年五月～）から四百回分を選び、構成したものです。

俳句《はいく》いまむかし　ふたたび

印　刷　2021年10月20日
発　行　2021年11月５日

著　者　坪内稔典《つぼうちねんてん》
発行人　小島明日奈
発行所　毎日新聞出版
〒102-0074
東京都千代田区九段南1-6-17　千代田会館５階
営業本部　03-6265-6941
図書第一編集部　03-6265-6745

印刷・製本　中央精版印刷

ISBN 978-4-620-32709-9